飞鸟集

STRAY BIRDS

〔印度〕泰戈尔◎著
郑振铎◎译

陕西新华出版
陕西人民教育出版社
·西安·

图书在版编目（CIP）数据

飞鸟集：汉文、英文 /（印）泰戈尔著；郑振铎译
.— 西安：陕西人民教育出版社，2024.3
ISBN 978-7-5450-9950-8

Ⅰ.①飞… Ⅱ.①泰…②郑… Ⅲ.①诗集 - 印度 - 现代 - 汉、英 Ⅳ.① I351.25

中国国家版本馆 CIP 数据核字（2024）第 034967 号

飞鸟集
FEINIAOJI

[印度] 泰戈尔　著
郑振铎　译

出　　版	陕西人民教育出版社
发　　行	陕西人民教育出版社
地　　址	西安市丈八五路 58 号
责任编辑	何　倩　彭艳丽
装帧设计	安　宁
内文排版	姚建坤
经　　销	各地新华书店
印　　刷	天津泰宇印务有限公司
开　　本	889 毫米 × 1194 毫米　1/32
印　　张	6
字　　数	120 千字
版　　次	2024 年 3 月第 1 版
印　　次	2024 年 3 月第 1 次印刷
书　　号	ISBN 978-7-5450-9950-8
定　　价	32.00 元

版权所有・违者必究

目　录

《飞鸟集》例言 …………………………001
《飞鸟集》序 ……………………………006
飞鸟集 ……………………………………001
泰戈尔传 …………………………………099

《飞鸟集》例言

译诗是一件最不容易的工作。原诗音节的保留固然是绝不可能的事！就是原诗意义的完全移植，也有十分的困难。散文诗算是最容易译的，但有时也须费十分的力气。如惠德曼[①]（Walt Whitman）的《草叶集》便是一个例子。这有两个原因：第一，有许多诗中特用的美丽文句，差不多是不能移动的。在一种文字里，这种字眼是"诗的"，是"美的"，如果把它移植在第二种文字中，不是找不到相当的好字，便是把原意丑化了，变成非"诗的"了。在泰戈尔的《人格论》中，曾讨论到这一层。他以为诗总是要选择那"有生气的"字眼——就是那些不仅仅为报告用而能融化于我们心中，不因市井常用而损坏它的形式的字眼。譬如在英文里，"意识"（consciousness）这个字，带有多少科学的意义，所以诗中不常用它。印度文的同意字 chetana 则是一个"有生气"而常用于诗歌里的字。又如英文的"感情"（feeling）

[①] 惠德曼：即惠特曼，美国诗人。

这个字是充满了生命的,但彭加利文①里的同意字 anubhuti 则诗中绝无用之者。在这些地方,译诗的人实在感到万分的困难。第二,诗歌的文句总是含蓄的、暗示的。它的句法的构造,多简短而含义丰富。有的时候,简直不能译。如直译,则不能达意。如稍加诠释,则又把原文的风韵与含蓄完全消灭,而使之不成一首诗了。

因此,我主张诗集的介绍,只应当在可能的范围内选译,而不能——也不必——完全整册地搬运过来。

大概诗歌的选译,有两个方便的地方:第一,选译可以适应译者的兴趣。在一个诗集中的许多诗,译者未必都十分喜欢它。如果不十分喜欢它,不十分感觉得它的美好,则他的译文必不能十分得神,至少也把这快乐的工作变成一种无意义的苦役。选译则可以减灭译者的这层痛苦。第二,便是减少上述的两层翻译上的困难。因为如此便可以把不能译的诗,不必译出来。译出来而丑化了或是为读者所看不懂,则反不如不译的好。

但我并不是在这里宣传选译主义。诗集的全选,是我所极端希望而且欢迎的。不过这种工作应当让给那些有全译能力的译者去做。我为自己的兴趣与能力所限制,实在不敢担任这种重大的工作。且为大多数的译者计,我也主

---

① 彭加利文:即孟加拉文。

张选译是较好的一种译诗方法。

现在我译泰戈尔的诗，便实行了这种选择的主张。以前我也有全译泰戈尔各诗集的野心。有好些友人也极力劝我把它们全译出来。我试了几次。但我的野心与被大家鼓起来的勇气，终于给我的能力与兴趣打败了。

现在所译的泰戈尔各集的诗，都是我所最喜欢读的，而且是我的能力所比较能够译得出的。

有许多诗，我自信是能够译得出的，但因为自己翻译它们的兴趣不大强烈，便不高兴去译它们。还有许多诗我是很喜欢读它们，而且是极愿意把它们译出来的，但因为自己能力的不允许，便也只好舍弃了它们。

即在这些译出的诗中，有许多也是自己觉得译得不好，心中很不满意的。但实在不忍再割舍它们了。只好请读者赏读它的原意，不必注意于粗陋的译文。

泰戈尔的诗集用英文出版的共有六部：

（一）《园丁集》　　　　（*Gardener*）

（二）《迦檀吉利》　　　（*Jitanjali*）[①]

（三）《新月集》　　　　（*Crescent Moon*）

（四）《采果集》　　　　（*Fruit-Gathering*）

（五）《飞鸟集》　　　　（*Stray Birds*）

---

① 现通常译为《吉檀迦利》（*Gitanjali*）。

(六)《爱者之贻与歧路》(*Lover's Gift And Crossing*)

但据 B. K. Roy 的《泰戈尔与其诗》(*Rabindranath Tagore: The Man And His Poetry*)一书上所载,他用彭加利文写的重要诗集,却有下面的许多种:

Sandhya Sangit,	*Kshanika,*
Probhat Sangit,	*Kanika,*
Bhanusingher Padabali,	*Kahini,*
Chabi O Gan,	*Sishu,*
Kari O Komal,	*Naibadya,*
Prakritir Pratisodh,	*Utsharga,*
Sonartari,	*Kheya,*
Chaitali,	*Gitanzali,*
Kalpana,	*Gitimalya,*
Katha.	

我的这几本诗选,是根据那六部用英文写的诗集译下来的。因为我不懂梵文。

在这几部诗集中,间有重出的诗篇,如《海边》一诗,已见于《新月集》中,而又列入《迦檀吉利》,排为第六十首。《飞鸟集》的第九十八首,也与同集中的第二百六十三首相同。像这一类的诗篇,都照先见之例,把它列入最初见的地方。

我的译文自信是很忠实的。误解的地方,却也保不定完全没有。如读者偶有发现,肯公开地指教我,那是我所异常欢迎的。

郑振铎
一九二二年六月二十六日

《飞鸟集》序

《飞鸟集》已经全译出来一次，因为我自己的不满意，所以又把它删节为现在的选译本[①]。以前，我曾看见有人把这诗集选译过，但似乎错得太多，因此我译时不曾拿它来参考。

近来小诗十分发达。它们的作者大半都是直接或间接受泰戈尔此集的影响的。此集的介绍，对于没有机会得读原文的，至少总有些贡献。

这诗集的一部分译稿是积了许多时候的，但大部分却都是在西湖俞楼译的。

我在此谢谢叶圣陶、徐玉诺二君。他们替我很仔细地校读过这部译文，并且供给了许多重要的意见给我。

郑振铎

一九二二年六月二十六日

---

① 本书收录的《飞鸟集》是增补完备的全译本。

飞鸟集

一

Stray birds of summer come to my window to sing and fly away.

And yellow leaves of autumn, which have no songs, flutter and fall there with a sigh.

夏天的飞鸟,飞到我窗前唱歌,又飞去了。

秋天的黄叶,它们没有什么可唱,只叹息一声,飞落在那里。

二

O troupe of little vagrants of the world, leave your footprints in my words.

世界上的一队小小的漂泊者呀,请留下你们的足印在我的文字里。

三

The world puts off its mask of vastness to its lover.

It becomes small as one song, as one kiss of the eternal.

世界对着它的爱人,把它浩瀚的面具揭下了。

它变小了,小如一首歌,小如一回永恒的接吻。

四

It is the tears of the earth that keep her smiles in bloom.

是大地的泪点，使她的微笑保持着青春不谢。

五

The mighty desert is burning for the love of a blade of grass who shakes her head and laughs and flies away.

无垠的沙漠热烈追求一叶绿草的爱，她摇摇头，笑着飞开了。

六

If you shed tears when you miss the sun, you also miss the stars.

如果你因失去了太阳而流泪，那么你也将失去群星了。

七

The sands in your way beg for your song and your movement, dancing water. Will you carry the burden of their lameness?

跳舞着的流水呀，在你途中的泥沙，要求你的歌声，你的流动呢。你肯挟跛足的泥沙而俱下吗？

八

Her wistful face haunts my dreams like the rain at night.

她的热切的脸,如夜雨似的,搅扰着我的梦魂。

九

Once we dreamt that we were strangers.

We wake up to find that we were dear to each other.

有一次,我们梦见大家都是不相识的。

我们醒了,却知道我们原是相亲相爱的。

十

Sorrow is hushed into peace in my heart like the evening among the silent trees.

忧思在我的心里平静下去,正如暮色降临在寂静的山林中。

十一

Some unseen fingers, like an idle breeze, are playing upon my heart the music of the ripples.

有些看不见的手指,如懒懒的微飔似的,正在我的心上,奏着潺湲的乐声。

十二

"What language is thine, O sea?"

"The language of eternal question."

"What language is thy answer, O sky?"

"The language of eternal silence."

"海水呀,你说的是什么?"

"是永恒的疑问。"

"天空呀,你回答的话是什么?"

"是永恒的沉默。"

十三

Listen, my heart, to the whispers of the world with which it makes love to you.

静静地听,我的心呀,听那世界的低语,这是它对你求爱的表示呀。

十四

The mystery of creation is like the darkness of night—it is great. Delusions of knowledge are like the fog of the morning.

创造的神秘,有如夜间的黑暗——是伟大的。而知识的幻影,却不过如晨间之雾。

十五

Do not seat your love upon a precipice because it is high.

不要因为峭壁是高的,便让你的爱情坐在峭壁上。

十六

I sit at my window this morning where the world like a passer-by stops for a moment, nods to me and goes.

我今晨坐在窗前,世界如一个过路人似的,停留了一会儿,向我点点头又走过去了。

十七

These little thoughts are the rustle of leaves; they have their whisper of joy in my mind.

这些微思,是绿叶的簌簌之声呀;它们在我的心里,愉悦地微语着。

十八

What you are you do not see, what you see is your shadow.

你看不见你自己,你所看见的,只是你的影子。

十九

My wishes are fools; they shout across thy songs, my Master.

Let me but listen.

神呀,我的那些愿望真是愚傻呀,它们杂在你的歌声中喧叫着呢。

让我只是静听着吧。

二十

I cannot choose the best.

The best chooses me.

我不能选择那最好的。

是那最好的选择我。

二十一

They throw their shadows before them who carry their lantern on their back.

那些把灯背在背上的人们,把他们的影子投到了自己前面。

二十二

That I exist is a perpetual surprise which is life.

我的存在,乃是所谓生命的一个永久的奇迹。

二十三

"We, the rustling leaves, have a voice that answers the storms, but who are you so silent?"

"I am a mere flower."

"我们,萧萧的树叶,都有声响回答那暴风雨。但你是谁呢,那样地沉默着?"

"我不过是一朵花。"

二十四

Rest belongs to the work as the eyelids to the eyes.

休息与工作的关系,正如眼睑与眼睛的关系。

二十五

Man is a born child; his power is the power of growth.

人是一个初生的孩子;他的力量,就是生长的力量。

二十六

God expects answers for the flowers he sends us, not for the sun and the earth.

神希望我们酬答他的,在于他送给我们的花朵,而不在于太阳和土地。

二十七

The light that plays, like a naked child, among the green leaves happily knows not that man can lie.

光如一个裸体的孩子,快快活活地在绿叶当中游戏,它不知道人是会欺诈的。

二十八

O Beauty, find thyself in love, not in the flattery of thy mirror.

啊,美呀,在爱中找你自己吧,不要到你镜子的谄谀中去找寻。

二十九

My heart beats her waves at the shore of the world and writes upon it her signature in tears with the words, "I love thee."

我的心把她的波浪在世界的海岸上冲击着,以热泪在上边写着她的题记:"我爱你。"

三十

"Moon, for what do you wait?"

"To salute the sun for whom I must make way."

"月儿呀,你在等候什么呢?"

"向我将让位给他的太阳致敬。"

三十一

The trees come up to my window like the yearning voice of the dumb earth.

绿树长到了我的窗前,仿佛是喑哑的大地发出的渴望的声音。

三十二

His own mornings are new surprises to God.

神自己的清晨,在他自己看来也是新奇的。

三十三

Life finds its wealth by the claims of the world, and its worth by the claims of love.

生命从世界得到资产,爱情使它得到价值。

三十四

The dry river-bed finds no thanks for its past.

枯竭的河床,并不感谢它的过去。

三十五

The bird wishes it were a cloud.

The cloud wishes it were a bird.

鸟儿愿为一朵云。

云儿愿为一只鸟。

三十六

The waterfall sings, "I find my song, when I find my freedom."

瀑布歌唱道:"我得到自由时便有歌声了。"

三十七

I cannot tell why this heart languishes in silence.

It is for small needs it never asks, or knows or remembers.

我说不出这心为什么那样默默地颓丧着。

是为了它那不曾要求、不曾知道、不曾记得的小小的需要。

三十八

Woman, when you move about in your household service your limbs sing like a hill stream among its pebbles.

妇人,你在料理家事的时候,你的手足歌唱着,正如山间的溪水歌唱着在小石中流过。

三十九

The sun goes to cross the Western sea, leaving its last salutation to the East.

当太阳横过西方的海面时,对着东方致它最后的敬礼。

四十

Do not blame your food because you have no appetite.

不要因为你自己没有胃口而去责备你的食物。

四十一

The trees, like the longings of the earth, stand a-tiptoe to peep at the heaven.

群树如表示大地的愿望似的,踮起脚来向天空窥望。

四十二

You smiled and talked to me of nothing and I felt that for this I had been waiting long.

你微微地笑着,不同我说什么话。而我觉得,为了这个,我已等待得久了。

四十三

The fish in the water is silent, the animal on the earth is noisy, the bird in the air is singing.

But Man has in him the silence of the sea, the noise of the earth and the music of the air.

水里的游鱼是沉默的,陆地上的兽类是喧闹的,空中的飞鸟是歌唱着的。

但是,人类却兼有海里的沉默、地上的喧闹与空中的音乐。

四十四

The world rushes on over the strings of the lingering heart making the music of sadness.

世界在踌躇之心的琴弦上跑过去,奏出忧郁的乐声。

四十五

He has made his weapons his gods.

When his weapons win he is defeated himself.

他把他的刀剑当作他的神。

当他的刀剑胜利时他自己却失败了。

四十六

God finds himself by creating.

神从创造中找到他自己。

四十七

Shadow, with her veil drawn, follows light in secret meekness, with her silent steps of love.

阴影戴上她的面幕,秘密地,温顺地,用她的沉默的爱的脚步,跟在"光"后边。

四十八

The stars are not afraid to appear like fireflies.

群星不怕显得像萤火虫那样。

四十九

I thank thee that I am none of the wheels of power but I am one with the living creatures that are crushed by it.

谢谢神，我不是一个权力的轮子，而是被压在这轮下的活人之一。

五十

The mind, sharp but not broad, sticks at every point but does not move.

心是尖锐的，不是宽博的，它执着在每一点上，却并不活动。

五十一

Your idol is shattered in the dust to prove that God's dust is greater that your idol.

你的偶像委散在尘土中了，这可证明神的尘土比你的偶像还伟大。

五十二

Man does not reveal himself in his history, he struggles up through it.

人在他的历史中表现不出他自己,他在历史中奋斗着露出头角。

五十三

While the glass lamp rebukes the earthen for calling it cousin, the moon rises, and the glass lamp, with a bland smile, calls her, "My dear, dear sister".

玻璃灯因为瓦灯叫它作表兄而责备瓦灯,但当明月出来时,玻璃灯却温和地微笑着,叫明月为"我亲爱的,亲爱的姐姐"。

五十四

Like the meeting of the seagulls and the waves we meet and come near. The seagulls fly off, the waves roll away and we depart.

我们如海鸥之与波涛相遇似的,遇见了,走近了。海鸥飞去,波涛滚滚地流开,我们也分别了。

五十五

My day is done, and I am like a boat drawn on the beach, listening to the dance-music of the tide in the evening.

日间的工作完了,我像一只泊在海滩上的小船,谛听着晚潮跳舞的乐声。

五十六

Life is given to us, we earn it by giving it.

我们的生命是天赋的,我们唯有献出生命,才能得到生命。

五十七

We come nearest to the great when we are great in humility.

当我们是大为谦卑的时候,便是我们最近于伟大的时候。

五十八

The sparrow is sorry for the peacock at the burden of its tail.

麻雀看见孔雀负担着它的翎尾,替它担忧。

五十九

Never be afraid of the moments—thus sings the voice of the everlasting.

决不要害怕刹那——永恒之声这样唱着。

六十

The hurricane seeks the shortest road by the no-road, and suddenly ends its search in the Nowhere.

飓风于无路之中寻求最短之路,又突然地在"无何有之国"终止了它的寻求。

六十一

Take my wine in my own cup, friend.

It loses its wreath of foam when poured into that of others.

在我自己的杯中,饮了我的酒吧,朋友。

一倒在别人的杯里,这酒的腾跳的泡沫便要消失了。

六十二

The Perfect decks itself in beauty for the love of the Imperfect.

"完全"为了对"不全"的爱,把自己装饰得美丽。

六十三

God says to man, "I heal you therefore I hurt, love you therefore punish."

神对人说道:"我医治你所以伤害你,爱你所以惩罚你。"

六十四

Thank the flame for its light, but do not forget the lamp holder standing in the shade with constancy of patience.

谢谢火焰给你光明,但是不要忘了那执灯的人,他是坚忍地站在黑暗当中呢。

六十五

Tiny grass, your steps are small, but you possess the earth under your tread.

小草呀,你的足步虽小,但是你拥有你足下的土地。

六十六

The infant flower opens its bud and cries, "Dear World, please do not fade."

幼花的蓓蕾开放了,它叫道:"亲爱的世界呀,请不要萎谢了。"

六十七

God grows weary of great kingdoms, but never of little flowers.

神对于那些大帝国会感到厌恶,却决不会厌恶那些小小的花朵。

六十八

Wrong cannot afford defeat but Right can.

错误经不起失败,但是真理却不怕失败。

六十九

"I give my whole water in joy," sings the waterfall, "though little of it is enough for the thirsty."

瀑布歌唱道:"虽然渴者只要少许的水便够了,我却很快活地给予了我全部的水。"

七十

Where is the fountain that throws up these flowers in a ceaseless outbreak of ecstasy?

把那些花朵抛掷上去的那一阵子无休无止的狂欢大喜的劲儿,其源泉是在哪里呢?

七十一

The woodcutter's axe begged for its handle from the tree.
The tree gave it.

樵夫的斧头,问树要斧柄。
树便给了他。

七十二

In my solitude of heart I feel the sigh of this widowed evening veiled with mist and rain.

这寡独的黄昏,幕着雾与雨,我在我心的孤寂里,感觉到它的叹息。

七十三

Chastity is a wealth that comes from abundance of love.

贞操是从丰富的爱情中生出来的财富。

七十四

The mist, like love, plays upon the heart of the hills and brings out surprises of beauty.

雾,像爱情一样,在山峰的心上游戏,生出种种美丽的变幻。

七十五

We read the world wrong and say that it deceives us.

我们把世界看错了,反说它欺骗我们。

七十六

The poet wind is out over the sea and the forest to seek his own voice.

诗人的风,正出经海洋和森林,追求他自己的歌声。

七十七

Every child comes with the message that God is not yet discouraged of man.

每一个孩子出生时都带来信息说:神对人并未灰心失望。

七十八

The grass seeks her crowd in the earth.
The tree seeks his solitude of the sky.

绿草求她地上的伴侣。
树木求他天空的寂寞。

七十九

Man barricades against himself.

人对他自己建筑起堤防来。

八十

Your voice, my friend, wanders in my heart, like the muffled sound of the sea among these listening pines.

我的朋友,你的语声飘荡在我的心里,像那海水的低吟声,缭绕在静听着的松林之间。

八十一

What is this unseen flame of darkness whose sparks are the stars?

这个不可见的黑暗之火焰,以繁星为其火花的,到底是什么呢?

八十二

Let life be beautiful like summer flowers and death like autumn leaves.

使生如夏花之绚烂,死如秋叶之静美。

八十三

He who wants to do good knocks at the gate; he who loves finds the gate open.

那想做好人的,在门外敲着门;那爱人的,看见门敞开着。

八十四

In death the many becomes one; in life the one becomes many.

Religion will be one when God is dead.

在死的时候,众多合而为一;在生的时候,一化为众多。

神死了的时候,宗教便将合而为一。

八十五

The artist is the lover of Nature, therefore he is her slave and her master.

艺术家是自然的情人,所以他是自然的奴隶,也是自然的主人。

八十六

"How far are you from me, O Fruit?"

"I am hidden in your heart, O Flower."

"你离我有多远呢,果实呀?"

"我藏在你的心里呢,花呀。"

八十七

This longing is for the one who is felt in the dark, but not seen in the day.

这个渴望是为了那个在黑夜里感觉得到、在大白天里却看不见的人。

八十八

"You are the big drop of dew under the lotus leaf, I am the smaller one on its upper side," said the dewdrop to the lake.

露珠对湖水说道:"你是在荷叶下面的大露珠,我是在荷叶上面的较小的露珠。"

八十九

The scabbard is content to be dull when it protects the keenness of the sword.

刀鞘保护刀的锋利,它自己则满足于它的迟钝。

九十

In darkness the One appears as uniform; in the light the One appears as manifold.

在黑暗中,"一"视若一体;在光亮中,"一"便视若众多。

九十一

The great earth makes herself hospitable with the help of the grass.

大地借助于绿草,显出她自己的殷勤好客。

九十二

The birth and death of the leaves are the rapid whirls of the eddy whose wider circles move slowly among stars.

绿叶的生与死乃是旋风的急骤的旋转,它的更广大的旋转的圈子,乃是在天上繁星之间徐缓的转动。

九十三

Power said to the world, "Your are mine."

The world kept it prisoner on her throne.

Love said to the world, "I am thine."

The world gave it the freedom of her house.

权势对世界说道:"你是我的。"

世界便把权势囚禁在她的宝座下面。

爱情对世界说道:"我是你的。"

世界便给予爱情以在她屋内来往的自由。

九十四

The mist is like the earth's desire.

It hides the sun for whom she cries.

雾仿佛是大地的愿望。

它藏起了太阳,而太阳原是她所呼求的。

九十五

Be still, my heart, these great trees are prayers.

安静些吧,我的心,这些大树都是祈祷者呀。

九十六

The noise of the moment scoffs at the music of the Eternal.

瞬刻的喧声,讥笑着永恒的音乐。

九十七

I think of other ages that floated upon the stream of life and love and death and are forgotten, and I feel the freedom of passing away.

我想起了浮泛在生与爱与死的川流上的许多别的时代,以及这些时代之被遗忘,我便感觉到离开尘世的自由了。

九十八

The sadness of my soul is her bride's veil.
It waits to be lifted in the night.

我灵魂里的忧郁就是她的新妇的面纱。
这面纱等候着在夜间被卸去。

九十九

Death's stamp gives value to the coin of life, making it possible to buy with life what is truly precious.

死之印记给生的钱币以价值,使它能够用生命来购买那真正的宝物。

一百

The cloud stood humbly in a corner of the sky.
The morning crowned it with splendor.

白云谦逊地站在天之一隅。
晨光给它戴上了霞彩。

一百〇一

The dust receives insult and in return offers her flowers.

尘土受到损辱,却以她的花朵来报答。

一百〇二

Do not linger to gather flowers to keep them, but walk on, for flowers will keep themselves blooming all your way.

只管走过去,不必逗留着采了花朵来保存,因为一路上,花朵自会继续开放的。

一百〇三

Roots are the branches down in the earth.

Branches are roots in the air.

根是地下的枝。

枝是空中的根。

一百〇四

The music of the far-away summer flutters around the autumn seeking its former nest.

远远去了的夏之音乐，翱翔于秋间，寻求它的旧垒。

一百〇五

Do not insult your friend by lending him merits from your own pocket.

不要从你自己的袋里掏出勋绩借给你的朋友，这是污辱他的。

一百〇六

The touch of the nameless days clings to my heart like mosses round the old tree.

无名的日子的感触,攀缘在我的心上,正像那绿色的苔藓,攀缘在老树的周身。

一百〇七

The echo mocks her origin to prove she is the original.

回声嘲笑着她的原声,以证明她是原声。

一百〇八

God is ashamed when the prosperous boasts of his special favour.

当富贵利达的人夸说他得到神的特别恩惠时,神却羞了。

一百〇九

I cast my own shadow upon my path, because I have a lamp that has not been lighted.

我投射我自己的影子在我的路上,因为我有一盏还没有燃点起来的明灯。

一百一十

Man goes into the noisy crowd to drown his own clamor of silence.

人走进喧哗的群众里去,为的是要淹没他自己的沉默的呼号。

一百一十一

That which ends in exhaustion is death, but the perfect ending is in the endless.

终止于衰竭的是"死亡",但"圆满"却终止于无穷。

一百一十二

The sun has his simple robe of light. The clouds are decked with gorgeousness.

太阳只穿一件朴素的光衣,白云却披了灿烂的裙裾。

一百一十三

The hills are like shouts of children who raise their arms, trying to catch stars.

山峰如群儿之喧嚷,举起他们的双臂,想去捉天上的星星。

一百一十四

The road is lonely in its crowd for it is not loved.

道路虽然拥挤,却是寂寞的,因为它是不被爱的。

一百一十五

The power that boasts of its mischiefs is laughed at by the yellow leaves that fall, and clouds that pass by.

权势以它的恶行自夸,落下的黄叶与浮游过的云片却在笑它。

一百一十六

The earth hums to me today in the sun, like a woman at her spinning, some ballad of the ancient time in a forgotten tongue.

今天大地在太阳光里向我营营哼鸣,像一个织着布的妇人,用一种已经被忘却的语言,哼着一些古代的歌曲。

一百一十七

The grass-blade is worthy of the great world where it grows.

绿草是无愧于它所生长的伟大世界的。

一百一十八

Dream is a wife who must talk.

Sleep is a husband who silently suffers.

梦是一个一定要谈话的妻子。

睡眠是一个默默地忍受的丈夫。

一百一十九

The night kisses the fading day whispering to his ear, "I am death, your mother. I am to give you fresh birth."

夜与逝去的日子接吻,轻轻地在他耳旁说道:"我是死,是你的母亲。我就要给你以新的生命。"

一百二十

I feel thy beauty, dark night, like that of the loved woman when she has put out the lamp.

黑夜呀,我感觉到你的美了,你的美如一个可爱的妇人,当她把灯灭了的时候。

一百二十一

I carry in my world that flourishes the worlds that have failed.

我把在那些已逝去的世界上的繁荣带到我的世界上来。

一百二十二

Dear friend, I feel the silence of your great thoughts of many a deepening eventide on this beach when I listen to these waves.

亲爱的朋友呀,当我静听着海涛时,我有好几次在暮色深沉的黄昏里,在这个海岸上,感到你的伟大思想的沉默了。

一百二十三

The bird thinks it is an act of kindness to give the fish a lift in the air.

鸟以为把鱼举在空中是一种慈善的举动。

一百二十四

"In the moon thou sendest thy love letters to me," said the night to the sun.

"I leave my answers in tears upon the grass."

夜对太阳说道:"在月亮中,你送了你的情书给我。"

"我已在绿草上留下了我的流着泪点的回答了。"

一百二十五

The great is a born child; when he dies he gives his great childhood to the world.

伟人是一个天生的孩子;当他死时,他把他的伟大的孩提时代给了世界。

一百二十六

Not hammer-strokes, but dance of the water sings the pebbles into perfection.

不是槌的打击,乃是水的载歌载舞,使鹅卵石臻于完美。

一百二十七

Bees sip honey from flowers and hum their thanks when they leave.

The gaudy butterfly is sure that the flowers owe thanks to him.

蜜蜂从花中啜蜜,离开时营营地道谢。

浮华的蝴蝶却相信花是应该向它道谢的。

一百二十八

To be outspoken is easy when you do not wait to speak the complete truth.

如果你不等待着要说出完全的真理,那么把真话说出来是很容易的。

一百二十九

Asks the Possible to the Impossible,

"Where is your dwelling-place?"

"In the dreams of the impotent," comes the answer.

"可能"问"不可能"道:

"你住在什么地方呢?"

它回答道:"在那无能为力者的梦境里。"

一百三十

If you shut your door to all errors truth will be shut out.

如果你把所有的错误都关在门外,真理也要被关在外面了。

一百三十一

I hear some rustle of things behind my sadness of heart—I cannot see them.

我听见有些东西在我心的忧闷后面萧萧作响——我不能看见它们。

一百三十二

Leisure in its activity is work.

The stillness of the sea stirs in waves.

闲暇在动作时便是工作。

静止的海水荡动时便成波涛。

一百三十三

The leaf becomes flower when it loves.

The flower becomes fruit when it worships.

绿叶恋爱时便成了花。

花崇拜时便成了果实。

一百三十四

The roots below the earth claim no rewards for making the branches fruitful.

埋在地下的树根使树枝产生果实，却并不要求什么报酬。

一百三十五

This rainy evening the wind is restless.

I look at the swaying branches and ponder over the greatness of all things.

阴雨的黄昏，风无休止地吹着。

我看着摇曳的树枝，想念着万物的伟大。

一百三十六

Storm of midnight, like a giant child awakened in the untimely dark, has begun to play and shout.

子夜的风雨,如一个巨大的孩子,在不合时宜的黑夜里醒来,开始游戏和喧闹。

一百三十七

Thou raisest thy waves vainly to follow thy lover, O sea, thou lonely bride of the storm.

海呀,你这暴风雨的孤寂的新妇呀,你虽掀起波浪追随你的情人,但是无用呀。

一百三十八

"I am ashamed of my emptiness," said the Word to the Work.

"I know how poor I am when I see you," said the Work to the Word.

文字对工作说道:"我惭愧我的空虚。"

工作对文字说道:"当我看见你时,我便知道我是怎样地贫乏了。"

一百三十九

Time is the wealth of change, but the clock in its parody makes it mere change and no wealth.

时间是变化的财富。时钟模仿它,却只有变化而无财富。

一百四十

Truth in her dress finds facts too tight.
In fiction she moves with ease.

真理穿了衣裳,觉得事实太拘束了。
在想象中,她却转动得很舒畅。

一百四十一

When I traveled to here and to there, I was tired of thee, O Road; but now when thou leadest me to everywhere I am wedded to thee in love.

当我到这里那里旅行着时,路呀,我厌倦了你了;但是现在,当你引导我到各处去时,我便爱上你,与你结婚了。

一百四十二

Let me think that there is one among those stars that guides my life through the dark unknown.

让我设想，在群星之中，有一颗星是指导着我的生命通过不可知的黑暗的。

一百四十三

Woman, with the grace of your fingers you touched my things and order came out like music.

妇人，你用了你美丽的手指，触着我的什物，秩序便如音乐似的生出来了。

一百四十四

One sad voice has its nest among the ruins of the years.
It sings to me in the night, "I loved you."

一个忧郁的声音，筑巢于逝水似的年华中。
它在夜里向我唱道："我爱过你。"

一百四十五

The flaming fire warns me off by its own glow.

Save me from the dying embers hidden under ashes.

燃着的火，以它熊熊的光焰警告我不要走近它。

把我从潜藏在灰中的余烬里救出来吧。

一百四十六

I have my stars in the sky;

But oh for my little lamp unlit in my house.

我有群星在天上；

但是，唉，我屋里的小灯却没有点亮。

一百四十七

The dust of the dead words clings to thee.

Wash thy soul with silence.

那逝去的文字的尘埃附着在你身上。

用沉默去洗净你的灵魂吧。

一百四十八

Gaps are left in life through which comes the sad music of death.

生命里留了许多罅隙,从中送来了死之忧郁的音乐。

一百四十九

The world has opened its heart of light in the morning.
Come out, my heart, with thy love to meet it.

世界已在早晨敞开了它的光明之心。

出来吧,我的心,带着你的爱去与它相会。

一百五十

My thoughts shimmer with these shimmering leaves and my heart sings with the touch of this sunlight; my life is glad to be floating with all things into the blue of space, into the dark of time.

我的思想随着这些闪耀的绿叶而闪耀;我的心灵因了这日光的抚触而歌唱;我的生命因为偕了万物一同浮泛在空间的蔚蓝、时间的墨黑中而感到欢快。

一百五十一

God's great power is in the gentle breeze, not in the storm.

神的巨大的威权是在柔和的微飔里,而不在狂风暴雨之中。

一百五十二

This is a dream in which things are all loose and they oppress. I shall find them gathered in thee when I awake and shall be free.

在梦中,一切事都散漫着,都压着我,但这不过是一个梦呀。当我醒来时,我便将觉得这些事都已聚集在你那里,我也便将自由了。

一百五十三

"Who is there to take up my duties?" asked the setting sun.

"I shall do what I can, my Master," said the earthen lamp.

落日问道:"有谁在继续我的职务呢?"

瓦灯说道:"我要尽我所能地去做,我的主人。"

一百五十四

By plucking her petals you do not gather the beauty of the flower.

采着花瓣时,得不到花的美丽。

一百五十五

Silence will carry your voice like the nest that holds the sleeping birds.

沉默蕴蓄着语声,正如鸟巢拥围着睡鸟。

一百五十六

The Great walks with the Small without fear.
The Middling keeps aloof.

大的不怕与小的同游。
居中的却远而避之。

一百五十七

The night opens the flowers in secret and allows the day to get thanks.

夜秘密地把花开放了,却让那白日去领受谢词。

一百五十八

Power takes as ingratitude the writhings of its victims.

权势认为牺牲者的痛苦是忘恩负义。

一百五十九

When we rejoice in our fullness, then we can part with our fruits with joy.

当我们以我们的充实为乐时,那么,我们便能很快乐地跟我们的果实分手了。

一百六十

The raindrops kissed the earth and whispered, "We are thy homesick children, mother, come back to thee from the heaven."

雨点吻着大地,微语道:"我们是你的思家的孩子,母亲,现在从天上回到你这里来了。"

一百六十一

The cobweb pretends to catch dewdrops and catches flies.

蛛网好像要捉露点,却捉住了苍蝇。

一百六十二

Love! When you come with the burning lamp of pain in your hand, I can see your face and know you as bliss.

爱情呀！当你手里拿着点亮了的痛苦之灯走来时，我能够看见你的脸，而且以你为幸福。

一百六十三

"The learned say that your lights will one day be no more," said the firefly to the stars.

The stars made no answer.

萤火虫对天上的星说道："学者说，你的光明总有一天会消灭的。"

天上的星不回答它。

一百六十四

In the dusk of the evening the bird of some early dawn comes to the nest of my silence.

在黄昏的微光里，有那清晨的鸟儿来到了我的沉默的鸟巢里。

一百六十五

Thoughts pass in my mind like flocks of ducks in the sky.
I hear the voice of their wings.

思想掠过我的心上,如一群野鸭飞过天空。

我听见它们的鼓翼之声了。

一百六十六

The canal loves to think that rivers exist solely to supply it with water.

沟洫总喜欢想:河流的存在,是专为着供给它水流的。

一百六十七

The world has kissed my soul with its pain, asking for its return in songs.

世界以它的痛苦同我接吻,而要求歌声做报酬。

一百六十八

That which oppresses me, is it my soul trying to come out in the open, or the soul of the world knocking at my heart for its entrance?

压迫着我的,到底是我的想要外出的灵魂呢,还是那世界的灵魂,敲着我心的门想要进来呢?

一百六十九

Thought feeds itself with its own words and grows.

思想以它自己的言语喂养它自己,而成长起来。

一百七十

I have dipped the vessel of my heart into this silent hour; it has filled with love.

我把我的心之碗轻轻浸入这沉默之时刻中;它盛满了爱了。

一百七十一

Either you have work or you have not.

When you have to say "Let us do something", then begins mischief.

或者你在工作,或者你没有。

当你不得不说"让我们做些事吧"时,那么就要开始胡闹了。

一百七十二

The sunflower blushed to own the nameless flower as her kin.

The sun rose and smiled on it, saying, "Are you well, my darling?"

向日葵羞于把无名的花朵看作它的同胞。

太阳升上来了,向它微笑,说道:"你好吗,我的宝贝儿?"

一百七十三

"Who drives me forward like fate?"

"The Myself striding on my back."

"谁如命运似的推着我向前走呢?"

"那是我自己,在身背后大跨步走着。"

一百七十四

The clouds fill the water-cups of the river, hiding themselves in the distant hills.

云把水倒在河的水杯里，它们自己却藏在远山之中。

一百七十五

I spill water from my water jar as I walk on my way.
Very little remains for my home.

我一路走去，从我的水瓶中漏出水来。
只剩下极少极少的水供我回家使用了。

一百七十六

The water in a vessel is sparkling; the water in the sea is dark.
The small truth has words that are clear; the great truth has great silence.

杯中的水是光辉的；海中的水却是黑色的。
小理可以用文字来说清楚；大理却只有沉默。

一百七十七

Your smile was the flowers of your own fields, your talk was the rustle of your own mountain pines, but your heart was the woman that we all know.

你的微笑是你自己田园里的花,你的谈吐是你自己山上的松林的萧萧,但是你的心呀,却是那个女人,那个我们全都认识的女人。

一百七十八

It is the little things that I leave behind for my loved ones—great things are for everyone.

我把小小的礼物留给我所爱的人——大的礼物却留给一切的人。

一百七十九

Woman, thou hast encircled the world's heart with the depth of thy tears as the sea has the earth.

妇人呀,你用你的眼泪的深邃包绕着世界的心,正如大海包绕着大地。

一百八十

The sunshine greets me with a smile.

The rain, his sad sister, talks to my heart.

太阳以微笑向我问候。

雨,他的忧闷的姐姐,向我的心谈话。

一百八十一

My flower of the day dropped its petals forgotten.

In the evening it ripens into a golden fruit of memory.

我的昼间之花,落下它那被遗忘的花瓣。

在黄昏中,这花成熟为一颗记忆的金果。

一百八十二

I am like the road in the night listening to the footfalls of its memories in silence.

我像那夜间之路,正静悄悄地谛听着记忆的足音。

一百八十三

The evening sky to me is like a window, and a lighted lamp, and a waiting behind it.

黄昏的天空,在我看来,像一扇窗户,一盏灯火,灯火背后的一次等待。

一百八十四

He who is too busy doing good finds no time to be good.

太忙于做好事的人,反而找不到时间去做好人。

一百八十五

I am the autumn cloud, empty of rain, see my fullness in the field of ripened rice.

我是秋云,空空地不载着雨水,但在成熟的稻田中,可以看见我的充实。

一百八十六

They hated and killed and men praised them.

But God in shame hastens to hide its memory under the green grass.

他们嫉妒,他们残杀,人反而称赞他们。

然而神却害了羞,匆匆地把他的记忆埋藏在绿草下面。

一百八十七

Toes are the fingers that have forsaken their past.

脚趾乃是舍弃了其过去的手指。

一百八十八

Darkness travels towards light, but blindness towards death.

黑暗向光明旅行,但是盲者却向死亡旅行。

一百八十九

The pet dog suspects the universe for scheming to take its place.

小狗疑心大宇宙阴谋篡夺它的位置。

一百九十

Sit still, my heart, do not raise your dust.

Let the world find its way to you.

静静地坐着吧,我的心,不要扬起你的尘土。

让世界自己寻路向你走来。

一百九十一

The bow whispers to the arrow before it speeds forth, "Your freedom is mine."

弓在箭要射出之前,低声对箭说道:"你的自由就是我的自由。"

一百九十二

Woman, in your laughter you have the music of the fountain of life.

妇人,在你的笑声里有着生命之泉的音乐。

一百九十三

A mind all logic is like a knife all blade.

It makes the hand bleed that uses it.

全是理智的心,恰如一柄全是锋刃的刀。

它叫使用它的人手上流血。

一百九十四

God loves man's lamp-lights better than his own great stars.

神爱人间的灯光甚于他自己的大星。

一百九十五

The world is the world of wild storms kept tame with the music of beauty.

这世界乃是为美之音乐所驯服了的狂风骤雨的世界。

一百九十六

"My heart is like the golden casket of thy kiss," said the sunset cloud to the sun.

晚霞向太阳说道:"我的心经了你的接吻,便似金的宝箱了。"

一百九十七

By touching you may kill; by keeping away you may possess.

接触着,你许会杀害;远离着,你许会占有。

一百九十八

The cricket's chirp and the patter of rain come to me through the dark, like the rustle of dreams from my past youth.

蟋蟀的唧唧,夜雨的淅沥,从黑暗中传到我的耳边,好似我已逝的少年时代沙沙地来到我的梦境中。

一百九十九

"I have lost my dewdrop," cries the flower to the morning sky that has lost all its stars.

花朵向星辰落尽了的曙天叫道:"我的露滴全失落了。"

二百

The burning log bursts in flame and cries, "This is my flower, my death."

燃烧着的木块,熊熊地生出火光,叫道:"这是我的花朵,我的死亡。"

二百〇一

The wasp thinks that the honey-hive of the neighboring bees is too small.

His neighbors ask him to build one still smaller.

黄蜂认为邻蜂储蜜之巢太小。

他的邻人要他去建筑一个更小的。

二百〇二

"I cannot keep your waves," says the bank to the river.

"Let me keep your footprints in my heart."

河岸向河流说道:"我不能留住你的波浪。"

"让我保存你的足印在我心里吧。"

二百〇三

The day, with the noise of this little earth, drowns the silence of all worlds.

白日以这小小地球的喧扰,淹没了整个宇宙的沉默。

二百〇四

The song feels the infinite in the air, the picture in the earth, the poem in the air and the earth.

For its words have meaning that walks and music that soars.

歌声在天空中感到无限，图画在地上感到无限，诗呢，无论在空中、在地上都是如此。

因为诗的词句含有能走动的意义与能飞翔的音乐。

二百〇五

When the sun goes down to the West, the East of his morning stands before him in silence.

太阳在西方落下时，他的早晨的东方已静悄悄地站在他面前。

二百〇六

Let me not put myself wrongly to my world and set it against me.

让我不要错误地把自己放在我的世界里而使它反对我。

二百〇七

Praise shames me, for I secretly beg for it.

荣誉使我感到惭愧,因为我暗里地求着它。

二百〇八

Let my doing nothing when I have nothing to do become untroubled in its depth of peace like the evening in the seashore when the water is silent.

当我没有什么事做时,便让我不做什么事,不受骚扰地沉入安静深处吧,一如那海水沉默时海边的暮色。

二百〇九

Maiden, your simplicity, like the blueness of the lake, reveals your depth of truth.

少女呀,你的纯朴,如湖水之碧,表现出你的真理之深邃。

二百一十

The best does not come alone.

It comes with the company of the all.

最好的东西不是独来的。

它伴了所有的东西同来。

二百一十一

God's right hand is gentle, but terrible is his left hand.

神的右手是慈爱的,但是他的左手却可怕。

二百一十二

My evening came among the alien trees and spoke in a language which my morning stars did not know.

我的晚色从陌生的树木中走来,它用我的晓星所不懂得的语言说话。

二百一十三

Night's darkness is a bag that bursts with the gold of the dawn.

夜之黑暗是一只口袋,迸出黎明的金光。

二百一十四

Our desire lends the colors of the rainbow to the mere mists and vapors of life.

我们的欲望把彩虹的颜色借给那只不过是云雾的人生。

二百一十五

God waits to win back his own flowers as gifts from man's hands.

神等待着,要从人的手上把他自己的花朵作为礼物赢回去。

二百一十六

My sad thoughts tease me asking me their own names.

我的忧思缠扰着我,要问我它们自己的名字。

二百一十七

The service of the fruit is precious, the service of the flower is sweet, but let my service be the service of the leaves in its shade of humble devotion.

果实的事业是尊贵的,花的事业是甜美的,但是让我做叶的事业吧,叶是谦逊地、专心地垂着绿荫的。

二百一十八

My heart has spread its sails to the idle winds for the shadowy island of anywhere.

我的心向着阑珊的风张了帆,要到无论何处的阴凉之岛去。

二百一十九

Men are cruel, but Man is kind.

独夫们是凶暴的,但人民是善良的。

二百二十

Make me thy cup and let my fullness be for thee and for thine.

把我当作你的杯吧,让我为了你,而且为了你的人而盛满了水吧。

二百二十一

The storm is like the cry of some god in pain whose love the earth refuses.

狂风暴雨像是在痛苦中的某个天神的哭声,因为他的爱情被大地所拒绝。

二百二十二

The world does not leak because death is not a crack.
世界不会流失，因为死亡并不是一个罅隙。

二百二十三

Life has become richer by the love that has been lost.
生命因为失去了的爱情而更为富足。

二百二十四

My friend, your great heart shone with the sunrise of the East like the snowy summit of a lonely hill in the dawn.
我的朋友，你伟大的心闪射出东方朝阳的光芒，正如黎明中一座积雪的孤峰。

二百二十五

The fountain of death makes the still water of life play.
死之流泉，使生的止水跳跃。

二百二十六

Those who have everything but thee, my God, laugh at those who have nothing but thyself.

那些有一切东西而没有您的人,我的神,在讥笑着那些没有别的东西而只有您的人呢。

二百二十七

The movement of life has its rest in its own music.

生命的运动在它自己的音乐里得到它的休息。

二百二十八

Kicks only raise dust and not crops from the earth.

踢足只能从地上扬起灰尘而不能得到收获。

二百二十九

Our names are the light that glows on the sea waves at night and then dies without leaving its signature.

我们的名字,便是夜里海波上发出的光,痕迹也不留就泯灭了。

二百三十

Let him only see the thorns who has eyes to see the rose.

让睁眼看着玫瑰花的人也看看它的刺。

二百三十一

Set the bird's wings with gold and it will never again soar in the sky.

鸟翼上系上了黄金,这鸟便永不能再在天上翱翔了。

二百三十二

The same lotus of our clime blooms here in the alien water with the same sweetness, under another name.

我们地方的荷花又在这陌生的水上开了花,放出同样的清香,只是名字换了。

二百三十三

In heart's perspective the distance looms large.

在心的远景里,那相隔的距离显得更广阔了。

二百三十四

The moon has her light all over the sky, her dark spots to herself.

月儿把她的光明遍照在天上,却留着她的黑斑给她自己。

二百三十五

Do not say "It is morning", and dismiss it with a name of yesterday. See it for the first time as a newborn child that has no name.

不要说"这是早晨了",就用一个"昨天"的名词把它打发掉。把它当作第一次看到的还没有名字的新生孩子吧。

二百三十六

Smoke boasts to the sky, and ashes to the earth, that they are brothers to the fire.

青烟对天空夸口,灰烬对大地夸口,都以为它们是火的兄弟。

二百三十七

The raindrop whispered to the jasmine, "Keep me in your heart for ever."

The jasmine sighed "Alas", and dropped to the ground.

雨点向茉莉花微语道:"把我永久地留在你的心里吧。"

茉莉花叹息了一声,落在地上了。

二百三十八

Timid thoughts, do not be afraid of me.

I am a poet.

胆怯的思想呀,不要怕我。

我是一个诗人。

二百三十九

The dim silence of my mind seems filled with cricket's chirp—the grey twilight of sound.

我的心在朦胧的沉默里,似乎充满了蟋蟀的鸣声——那灰色的微明的歌声。

二百四十

Rockets, your insult to the stars follows yourself back to the earth.

爆竹呀,你对于群星的侮蔑,又跟着你自己回到地上来了。

二百四十一

Thou hast led me through my crowded travels of the day to my evening's loneliness.

I wait for its meaning through the stillness of the night.

您曾经带领着我,穿过我的白天的拥挤不堪的旅程,而到达了我的黄昏的孤寂之境。

在通宵的寂静里,我等待着它的意义。

二百四十二

This life is the crossing of a sea, where we meet in the same narrow ship.

In death we reach the shore and go to our different worlds.

我们的生命就似渡过一个大海,我们都相聚在这个狭小的舟中。

死时,我们便到了岸,各往各的世界去了。

二百四十三

The stream of truth flows through its channels of mistakes.

真理之川从它的错误之沟渠中流过。

二百四十四

My heart is homesick today for the one sweet hour across the sea of time.

今天我的心是在想家了,在想着那跨过时间之海的那一个甜蜜的时候。

二百四十五

The bird-song is the echo of the morning light back from the earth.

鸟的歌声是曙光从大地反响过去的回声。

二百四十六

"Are you too proud to kiss me?" the morning light asks the buttercup.

晨光问毛茛道:"你是骄傲得不肯和我接吻吗?"

二百四十七

"How may I sing to thee and worship, O Sun?" asked the little flower.

"By the simple silence of thy purity," answered the sun.

小花问道:"我要怎样地对你唱,怎样地崇拜你呢,太阳呀?"

太阳答道:"只要用你的纯洁的素朴的沉默。"

二百四十八

Man is worse than an animal when he is an animal.

当人是兽时,他比兽还坏。

二百四十九

Dark clouds become heaven's flowers when kissed by light.

黑云受光的接吻时便变成天上的花朵。

二百五十

Let not the sword-blade mock its handle for being blunt.

不要让刀锋讥笑它柄子的拙钝。

二百五十一

The night's silence, like a deep lamp, is burning with the light of its Milky Way.

夜的沉默,如一个深深的灯盏,银河便是它燃着的灯光。

二百五十二

Around the sunny island of life swells day and night death's limitless song of the sea.

死像大海的无限的歌声,日夜冲击着生命的光明岛的四周。

二百五十三

Is not this mountain like a flower, with its petals of hills, drinking the sunlight?

花瓣似的山峰在饮着日光,这山岂不像一朵花吗?

二百五十四

The real with its meaning read wrong and emphasis misplaced is the unreal.

"真实"的含义被误解,轻重被倒置,那就成了"不真实"。

二百五十五

Find your beauty, my heart, from the world's movement, like the boat that has the grace of the wind and the water.

我的心呀,从世界的流动中找你的美吧,正如那小船得到风与水的优美似的。

二百五十六

The eyes are not proud of their sight but of their eyeglasses.

眼不以能视来骄人,却以它们的眼镜来骄人。

二百五十七

I live in this little world of mine and am afraid to make it the least less. Lift me into thy world and let me have the freedom gladly to lose my all.

我住在我的这个小小世界里,生怕使它再缩小一丁点儿。把我抬举到您的世界里去吧,让我有高高兴兴地失去我的一切的自由。

二百五十八

The false can never grow into truth by growing in power.
虚伪永远不能凭借它生长在权力中而变成真实。

二百五十九

My heart, with its lapping waves of song, longs to caress this green world of the sunny day.

我的心,同着它的歌的拍拍舐岸的波浪,渴望着要抚爱这个阳光熙和的绿色世界。

二百六十

Wayside grass, love the star, then your dreams will come out in flowers.

道旁的草,爱那天上的星吧,那么你的梦境便可在花朵里实现了。

二百六十一

Let your music, like a sword, pierce the noise of the market to its heart.

让你的音乐如一柄利刃,直刺入市井喧扰的心中吧。

二百六十二

The trembling leaves of this tree touch my heart like the fingers of an infant child.

这树的颤动之叶,触动着我的心,像一个婴儿的手指。

二百六十三

The little flower lies in the dust.

It sought the path of the butterfly.

小花睡在尘土里。

它寻求蛱蝶走的道路。

二百六十四

I am in the world of the roads.

The night comes. Open thy gate, thou world of the home.

我是在道路纵横的世界上。

夜来了。打开您的门吧,家之世界啊!

二百六十五

I have sung the songs of thy day.

In the evening let me carry thy lamp through the stormy path.

我已经唱过了您的白天的歌。

在黄昏时候,让我拿着您的灯走过风雨飘摇的道路吧。

二百六十六

I do not ask thee into the house.

Come into my infinite loneliness, my Lover.

我不要求你进我的屋里。

你且到我无量的孤寂里来吧,我的爱人!

二百六十七

Death belongs to life as birth does.

The walk is in the raising of the foot as in the laying of it down.

死之隶属于生命,正与出生一样。

举足是在走路,正如落足也是在走路。

二百六十八

I have learnt the simple meaning of thy whispers in flowers and sunshine—teach me to know thy words in pain and death.

我已经学会了你在花与阳光里微语的意义——再教我明白你在苦与死中所说的话吧。

二百六十九

The night's flower was late when the morning kissed her, she shivered and sighed and dropped to the ground.

夜的花朵来晚了,当早晨吻着她时,她战栗着,叹息了一声,萎落在地上了。

二百七十

Through the sadness of all things I hear the crooning of the Eternal Mother.

从万物的愁苦中,我听见了"永恒母亲"的呻吟。

二百七十一

I came to your shore as a stranger, I lived in your house as a guest, I leave your door as a friend, my earth.

大地呀,我到你岸上时是一个陌生人,住在你屋内时是一个宾客,离开你的门时是一个朋友。

二百七十二

Let my thoughts come to you, when I am gone, like the afterglow of sunset at the margin of starry silence.

当我去时,让我的思想到你那里来,如那夕阳的余光,映在沉默的星天的边上。

二百七十三

Light in my heart the evening star of rest and then let the night whisper to me of love.

在我的心头燃点起那休憩的黄昏星吧,然后让黑夜向我微语着爱情。

二百七十四

I am a child in the dark.

I stretch my hands through the coverlet of night for thee, Mother.

我是一个在黑暗中的孩子。

我从夜的被单里向您伸出我的双手,母亲。

二百七十五

The day of work is done. Hide my face in your arms, Mother. Let me dream.

白天的工作完了。把我的脸掩藏在您的臂间吧,母亲。让我入梦吧。

二百七十六

The lamp of meeting burns long; it goes out in a moment at the parting.

集会时的灯光,点了很久;会散时,灯便立刻灭了。

二百七十七

One word keep for me in thy silence, O World, when I am dead, "I have loved."

当我死时,世界呀,请在你的沉默中,替我留着"我已经爱过了"这句话吧。

二百七十八

We live in this world when we love it.

我们在热爱世界时便生活在这世界上。

二百七十九

Let the dead have the immortality of fame, but the living the immortality of love.

让死者有那不朽的名,但让生者有那不朽的爱。

二百八十

I have seen thee as the half-awakened child sees his mother in the dusk of the dawn and then smiles and sleeps again.

我看见你,像那半醒的婴孩在黎明的微光里看见他的母亲,于是微笑而又睡去了。

二百八十一

I shall die again and again to know that life is inexhaustible.

我将死了又死,以明白生是无穷无尽的。

二百八十二

While I was passing with the crowd in the road I saw thy smile from the balcony and I sang and forgot all noise.

当我和拥挤的人群一同在路上走过时,我看见您从阳台上送过来的微笑,我歌唱着,忘却了所有的喧哗。

二百八十三

Love is life in its fullness like the cup with its wine.

爱就是充实了的生命,正如盛满了酒的酒杯。

二百八十四

They light their own lamps and sing their own words in their temples.

But the birds sing thy name in thine own morning light—for thy name is joy.

他们点了他们自己的灯,在他们的寺院内,吟唱他们自己的话语。

但是小鸟们却在你的晨光中,唱着你的名字——因为你的名字便是快乐。

二百八十五

Lead me in the center of thy silence to fill my heart with songs.

领我到您沉寂的中心,使我的心充满了歌吧。

二百八十六

Let them live who choose in their own hissing world of fireworks.

My heart longs for thy stars, my God.

让那些选择了他们自己的焰火哗哗的世界的,就生活在那里吧。

我的心渴望着您的繁星,我的神。

二百八十七

Love's pain sang round my life like the unplumbed sea, and love's joy sang like birds in its flowering groves.

爱的痛苦环绕着我的一生,像汹涌的大海似的唱着,而爱的快乐却像鸟儿们在花林里似的唱着。

二百八十八

Put out the lamp when thou wishest.
I shall know thy darkness and shall love it.

假如您愿意,您就熄了灯吧。
我将明白您的黑暗,而且将喜爱它。

二百八十九

When I stand before thee at the day's end thou shalt see my scars and know that I had my wounds and also my healing.

当我在那日子的终了,站在您的面前时,您将看见我的伤疤,而知道我有我的许多创伤,但也有我的医治的法儿。

二百九十

Some day I shall sing to thee in the sunrise of some other world, "I have seen thee before in the light of the earth, in the love of man."

总有一天，我要在别的世界的晨光里对你唱道："我以前在地球的光里，在人的爱里，已经见过你了。"

二百九十一

Clouds come floating into my life from other days no longer to shed rain or usher storm but to give color to my sunset sky.

从别的日子里飘浮到我的生命里的云，不再落下雨点或引起风暴了，却只给予我的夕阳的天空以色彩。

二百九十二

Truth raises against itself the storm that scatters its seeds broadcast.

真理引起了反对它自己的狂风骤雨，那场风雨吹散了真理的广播的种子。

二百九十三

The storm of the last night has crowned this morning with golden peace.

昨夜的风雨给今日的早晨戴上了金色的和平。

二百九十四

Truth seems to come with its final word, and the final word gives birth to its next.

真理仿佛带了它的结论而来,而那结论却产生了它的第二个。

二百九十五

Blessed is he whose fame does not outshine his truth.

他是有福的,因为他的名望并没有比他的真实更光亮。

二百九十六

Sweetness of thy name fills my heart when I forget mine—like thy morning sun when the mist is melted.

您的名字的甜蜜充溢着我的心,而我忘掉了我自己的——就像您的早晨的太阳升起时,那大雾便消失了。

二百九十七

The silent night has the beauty of the mother and the clamorous day of the child.

静悄悄的黑夜具有母亲的美丽,而吵闹的白天具有孩子的美。

二百九十八

The world loved man when he smiled. The world became afraid of him when he laughed.

当人微笑时,世界爱了他。当他大笑时,世界便怕他了。

二百九十九

God waits for man to regain his childhood in wisdom.

神等待着人在智慧中重新获得童年。

三百

Let me feel this world as thy love taking form, then my love will help it.

让我感到这个世界乃是您的爱的成形吧,那么,我的爱也将帮助着它。

三百〇一

Thy sunshine smiles upon the winter days of my heart, never doubting of its spring flowers.

您的阳光对着我的心头的冬天微笑着,从来不怀疑它的春天的花朵。

三百〇二

God kisses the finite in his love and man the infinite.

神在他的爱里吻着"有涯",而人却吻着"无涯"。

三百〇三

Thou crossest desert lands of barren years to reach the moment of fulfillment.

您越过不毛之年的沙漠而到达了圆满的时刻。

三百〇四

God's silence ripens man's thoughts into speech.

神的静默使人的思想成熟而为语言。

三百〇五

Thou wilt find, Eternal Traveler, marks of thy footsteps across my songs.

"永恒的旅客"呀,你可以在我的歌中找到你的足迹。

三百〇六

Let me not shame thee, Father, who displayest thy glory in thy children.

让我不至于羞辱您吧,父亲,您在您的孩子们身上显现出您的光荣。

三百〇七

Cheerless is the day, the light under frowning clouds is like a punished child with traces of tears on its pale cheeks, and the cry of the wind is like the cry of a wounded world. But I know I am traveling to meet my friend.

这一天是不快活的,光在蹙额的云下,如一个被责打的儿童,在灰白的脸上留着泪痕,风又叫号着,似一个受伤的世界的哭声。但是我知道,我正跋涉着去会我的朋友。

三百〇八

Tonight there is a stir among the palm leaves, a swell in the sea, Full Moon, like the heart-throb of the world. From what unknown sky hast thou carried in thy silence the aching secret of love?

今天晚上棕榈叶在嚓嚓地作响,海上有大浪,满月啊,就像世界在心脉悸跳。从什么不可知的天空,您在您的沉默里带来了爱的痛苦的秘密?

三百〇九

I dream of a star, an island of light, where I shall be born and in the depth of its quickening leisure my life will ripen its works like the rice-field in the autumn sun.

我梦见一颗星,一个光明的岛屿,我将在那里出生。而在它的快速的闲暇的深处,我的生命将成熟它的事业,像秋天阳光下的稻田。

三百一十

The smell of the wet earth in the rain rises like a great chant of praise from the voiceless multitude of the insignificant.

雨中的湿土的气息,就像从渺小的无声的群众那里来的一阵巨大的赞美歌声。

三百一十一

That love can ever lose is a fact that we cannot accept as truth.

说爱情会失去的那句话,乃是我们不能够当作真理来接受的一个事实。

三百一十二

We shall know some day that death can never rob us of that which our soul has gained, for her gains are one with herself.

我们将有一天会明白,死永远不能够夺去我们的灵魂所获得的东西,因为她所获得的,和她自己是一体。

三百一十三

God comes to me in the dusk of my evening with the flowers from my past kept fresh in his basket.

神在我的黄昏的微光中,带着花到我这里来。这些花都是我过去之时的,在他的花篮中还保存得很新鲜。

三百一十四

When all the strings of my life will be tuned, my Master, then at every touch of thine will come out the music of love.

主呀,当我的生之琴弦都已调得谐和时,你的手的一弹一奏,都可以发出爱的乐声来。

三百一十五

Let me live truly, my Lord, so that death to me become true.

让我真真实实地活着吧,我的神,这样,死对于我也就成了真实的了。

三百一十六

Man's history is waiting in patience for the triumph of the insulted man.

人类的历史在很忍耐地等待着被侮辱者的胜利。

三百一十七

I feel thy gaze upon my heart this moment like the sunny silence of the morning upon the lonely field whose harvest is over.

我这一刻感到你的眼光正落在我的心上,像那早晨阳光中的沉默落在已收获的孤寂的田野上一样。

三百一十八

I long for the Island of Songs across this heaving Sea of Shouts.

在这喧哗的波涛起伏的海中,我渴望着咏歌之岛。

三百一十九

The prelude of the night is commenced in the music of the sunset, in its solemn hymn to the ineffable dark.

夜的序曲是开始于夕阳西下的音乐,开始于它对难以形容的黑暗所作的庄严的赞歌。

三百二十

I have scaled the peak and found no shelter in fame's bleak and barren height. Lead me, my Guide, before the light fades, into the valley of quiet where life's harvest mellows into golden wisdom.

我攀登上高峰,发现在名誉的荒芜不毛的高处,简直找不到一个遮身之地。我的引导者啊,领导着我在光明逝去之前,进到沉静的山谷里去吧。在那里,一生的收获将会成熟为黄金的智慧。

三百二十一

Things look fantastic in this dimness of the dusk—the spires whose bases are lost in the dark and treetops like blots of ink. I shall wait for the morning and wake up to see thy city in the light.

在这个黄昏的朦胧里,好些东西看来都仿佛是幻象一般——尖塔的底层在黑暗里消失了,树顶像是墨水的模糊的斑点似的。我将等待着黎明,而当我醒来的时候,就会看到在光明里的您的城市。

三百二十二

I have suffered and despaired and known death and I am glad that I am in this great world.

我曾经受过苦,曾经失望过,曾经体会过"死亡",于是我以我在这伟大的世界里为乐。

三百二十三

There are tracts in my life that are bare and silent. They are the open spaces where my busy days had their light and air.

在我的一生里,也有贫乏和沉默的地域。它们是我忙碌的日子得到日光与空气的几片空旷之地。

三百二十四

Release me from my unfulfilled past clinging to me from behind making death difficult.

我的未完成的过去,从后边缠绕到我身上,使我难于死去。请从它那里释放了我吧。

三百二十五

Let this be my last word, that I trust in thy love.

"我相信你的爱。"让这句话做我的最后的话。

泰戈尔传

序

这册《泰戈尔传》原登载于一九二三年九月及十月号《小说月报》上。单行本本想在泰戈尔到中国时出版。不料搁置于印刷的地方直到了现在。因为近来很忙，不能再细读一遍，所以除了一二小错误曾改正了之外，其余文字一概都照旧。

虽然泰戈尔在去年四月已到过中国了，已在中国讲演了好几次了，然而能充分了解他的人究竟有多少呢？这篇传对于想知道他的生平与思想的人，也许不无小小的帮助。

我在附录[①]里转载了我的朋友瞿世英君及张闻天君的几篇文字，应在此向他们道谢！

泰戈尔在中国的讲演，俱由我的朋友徐志摩君为之记录，他现在正在整理这个讲演集，大约不久即可出现。因此，这个小册子里对于泰戈尔在中国的行踪与讲演，便不再述了。

郑振铎
一九二五年二月二十四日

[①] 此为《泰戈尔传》的附录部分，本书中未收录。

绪言

罗宾德拉纳特·泰戈尔是现代印度的一个最伟大的诗人,也是现代世界的一个最伟大的诗人。

他的作品,加入彭加尔①文学内,如注生命汁给垂死的人似的,立刻使彭加尔的文学成了一种新的文学;他的清新流丽的译文,加入英国的文学里,也如在万紫千红的园林中突现了一株翠绿的热带的常青树似的,立刻树立了一种特异的新颖的文体。

现代诗人的情思,对于我们似乎都太熟悉了。我们听熟了他们的歌声,我们读熟了他们的情语,我们知道他们一切所要说的话,我们知道他们一切所要叙述的方法。他们的声音,已不能再引起我们的注意了。泰戈尔之加入世界的文坛,正在这个旧的一切已为我们厌倦的时候。他的特异的祈祷,他的创造的新声,他的甜蜜的恋歌,一切都如清晨的曙光,照耀于我们久居于黑暗的长夜之中的人的眼前。这就是他所以能这样地使我们注意,这样地受我们

---

① 彭加尔:即孟加拉。

欢迎的最大的原因。

他同时又是一个伟大的哲学家；他的哲学思想，也如他的诗歌和其他作品一样，能跳出近代的一切争辩与陈腐的空气，而自创一个新的局面。

他在举世膜拜西方的物质文明的时候，独振荡他的银铃似的歌声，歌颂东方的森林的文化。他的勇气实是不能企及。

我们对于现代的这样的一个伟大的人物似乎至少应该有些了解。

他现在是快要到中国来了，我且趁这个机会，在此叙述他的生平的大略，以为大家了解他的一个小帮助。

他的传记的本身也是一篇美丽的叙事诗。印度人都赞羡着他完美的生活。自他的童年以至现在，他几乎无一天不在诗化的国土里生活着。我们读他的传记正如读一篇好诗，没有不深深地受它的感动的。我之所以要介绍他的传记，这也是一个小原因。

去年二月的《小说月报》上，我曾做了一篇他的传记，但未免太简略了。所以现在再在此做一篇较详细的。

我的这篇传记里的材料，大部分都取之于泰戈尔的《我的回忆》与柯麦尔·洛依的《泰戈尔与其诗》二书。此外还参考了几本别的书，它们的名字，恕不能在此一一列出。

第一章　家世

罗宾德拉纳特·泰戈尔生于一八六一年五月六日。他的生地是印度的彭加尔地方。印度是一个"诗的国"。诗就是印度人日常生活的一部分。新生的儿童到了这个世界上所受的第一次的祝福，就是用韵文唱的。孩子大了，如做了不好的事，他母亲必定背诵一首小诗告诉他这种行为的不对。在初等学校里，教了字母之后，学生所受的第一课书就是一首诗。许多青年的心里所受的最初的教训就是："两个伟大的祝福，能消除这个艰苦的世界的恐怖的，就是尝诗的甘露与交好的朋友。"许多印度人做的书也都有用诗的形式来写的；文法的条规，数学的法则，乃至博物学、医学、天文学、化学、物理学，都是如此。结婚的时候，唱的是欢愉之诗；死尸火葬的时候，他们对于死人的最后的说话，也是引用印度的诗篇。

在这个"诗之国"里，产生了这个伟大的诗人泰戈尔自然是没有什么奇怪的。他的家庭是印度的著名的望族。近百年来，这家摇篮里相继产生了不少的伟大的人物，为彭加尔地方的文艺复兴的先驱者。无论在社会与宗教的改革,在艺术与音乐的复兴,在政治与实业的组织上,他们都立有很大的功绩。所以印度的人民,尤其是彭加尔的人民,一讲起这个家庭都带着十二分的敬意。在这样的家庭产生了他,也是没有什么奇怪的。

这个家庭当中,最著名的人有柯麦尔·泰戈尔,他是一个地主,一个享大名的律师,一个编辑者,他生平做了不少的关于法律与教育的文字,又创办了英印协会,为它的会长;有莫汗·泰戈尔,他是印度的一个最著名的音乐家,他创办了彭加尔音乐学校及彭加尔音乐院,还著了不少的论印度音乐和乐器的书;有阿白宁德拉纳特·泰戈尔,他是一个著名的画家,印度艺术复兴运动中的一个领袖;有拉马纳特·泰戈尔王,他是我们现在所叙的这个大诗人的祖父的兄弟,一个政治上的领袖,并且也是一个著作家;有特瓦拉甘纳特·泰戈尔王子,他是这个大诗人的祖父,一个大地主,创办了地主协会,又是一个社会改造者,著名的慈善家,最初反对印度妇人殉夫的风俗。

在许多名人中,尤其著名的是这个大诗人自己的父亲特平德拉纳特·泰戈尔。他不是一个国王,他不愿意得到这种的地位。但印度的人民却给他更可贵的尊号,称他为"大哲"。他是印度近代的一个最伟大的社会的和宗教的改革者,他的牺牲的精神和坚定的主义,近代的印度没有一个人足以与之并肩。他是一个王子的儿子,然因要尽道德上的义务,竟把所有的地产,两手捧给他父亲的债主,使他自己安于一个穷人的地位。这些债务,本来都是没有法律上或文件上所规定的必要偿还的责任的。债主们为他的这个义侠的举动所感,竟留下一部分的财产还给他。他共生了七个儿子,三个女儿,大诗人罗宾德拉纳特是他们当中最小的一个。在他们几个兄弟当中,著名的人也不少,有一个名特威琴德拉纳特的,是现代的一个大哲学家。

第二章　童年时代

大诗人泰戈尔在这样的一个家庭中度过他的童年。

他和别的两个孩子在一起读书，他们都比他大两岁；那时所读的东西，他早已忘怀；他所记得最真切的只有"雨溅叶颤"及"雨淅沥地落下，潮水泛溢到河上来"二句。这是他与文学第一次的接触。他说，当时的印象，到现在还没有消失。

他在家中，不常见到他父亲；那个"大哲"是常在外面旅行的。他幼年的保护者是几个男仆人，他们都是很粗心、很自私的。他们常常为免除他们看护的麻烦起见，把小孩子们关在一间屋里，不准他们自由行动。有一个仆人，常叫泰戈尔坐在一个指定的地点，用粉笔在地上画了一个圆圈，把他包围起来，并且惊吓他说，如果他离开这个圆圈一步，就会有危险。他便坐在那里动也不动。因为他读过《罗摩衍那》，知道有一个人因为擅自离开别人所画的圈子，后来竟遇到许多危险。幸而他所坐的地方，常近于窗口；他从窗中能够看见花园，看见一个池，许多行树，还

看着往来的人与鸟儿等;鸭子在池中游泳,树影在水面映动。有一株榕树,尤使他注意,他在后来曾有一首诗写到它:

啊,古老的榕树,你的绞绕的树根从枝上挂下来,
你日夜站着不动,如一个修道者之在忏悔,
你还记得那个孩子,
他的幻想曾随了你的阴影而游戏吗?

天然的景色,使他忘了囚禁之苦。

他在家中,几乎一步也不曾踏到大门以外。即家中的许多房屋,他也不能走遍。他父亲的房子在三层楼上,因为他常不在家,所以门终日都是关着的。幼年的泰戈尔常偷偷地推门进内,坐在沙发上。

有一天,他正在可以看见大路的楼廊上游戏,他的外甥萨底亚突然"巡警!巡警!"地叫着,想去吓他。他那时候,还不明白巡警的职务是什么,仅知道他们是可怕的,犯罪的人一被他们捕去,便如被鳄鱼吞入口内一样,永不会再出来。所以他一听见这个叫声,幼稚的心,大为恐怖,立刻逃进屋内,不敢再出去,静静地坐在他母亲的房门口,拿了一本《罗摩衍那》在读。这本书是属于他的祖姑母的。他的心渐渐地沉浸到书中去,看到一个悲惨的地方,竟哭泣起来。他的祖姑母跑了来,把他的书取去。这件事,也

使他许久不曾忘记。

他一天一天地长大,一天一天地更渴望到家宅以外去看看。

有一天,他看见他的一个哥哥和他的外甥萨底亚同到学校里去上学。因为他还小,他们不让他同去。当萨底亚回家时,向他夸说路上的经历,他竟哭起来,要求也到学校里去。他的家庭教师跑来,重重地打他几下,对他警告道:"你现在哭着要进学校,将来恐怕你更要哭着想出校呢。"他忘了这个教师的姓名、面貌,但他的沉重的手掌和他的这个沉重的警告,则使他永不能忘。他说在他生平,不曾听见比这个更准确的预告。

他的哭声,使他立刻达到他的愿望。他进了东方学院。在那里学的什么,他早已忘了,但他们的一种刑罚[①],则还留一个很鲜明的印象在他脑中。凡是不能背诵功课的儿童,都被罚立在木凳上,两臂伸开,手掌向上,在手掌上堆了好几片石板。

他很不喜欢这个学校。离了家庭的拘束,又进了学校的囚笼,他自然很不高兴。他的家庭教师的预言至此不幸而中;他不久竟离了这个东方学院,改进一个师范学校。但这个师范学校与他的性情也不相宜。同学对他不好,教

[①] 刑罚,据《现代汉语词典(第7版)》解释,指审判机关依据刑事法律对罪犯所施行的法律制裁。但在本书中,应结合具体语境理解为体罚、惩罚、处罚等。本书为尊重原著而未作改动。

师也使他讨厌。他自己曾说，有一个教师，常用粗暴的话问他，他以此为耻辱，因此对于他所发的问题，概置不答。全年之中，他都坐在一班的末座，不开口说一句话，只是自己在沉思着，在想如何解决许多人生的大问题。他说："我还记着一个问题——如果我没有武器，将怎样去打败一个敌人。解决的方法就是如果我驯养了狮子、老虎和狗去开始战争，那么便容易得到胜利了。"

如此的一年过去了。到了年终考试时，他竟获到班中最高的分数。他的教师觉得很惊奇，以为一定有别的原因，便请学校当局复试。但复试的结果，他仍然保持他原有的分数。

他既不喜欢这个师范学校，于是他的家人又把他送进彭加尔学院，一个英印的学校。虽然这个学校的学生和教师对他没有特别的恶感，但他仍然觉得它是一所"监狱"，一座"病院"。

他同时在家庭中研究生物学、生理学、物理学、几何学、历史、音乐及英国文学等。他所最不喜欢的就是英文。他的家庭教师，常常很热忱地想使他明白英国文学的好处，但他常是置之不见不闻。教师从著名的英国诗人的作品里，引几段名句背诵给他听，他却笑了起来，弄得他的教师脸红耳热，只好停止背诵。

但他在实际上绝不是不喜学问的，他所不喜欢的是强迫的和规定的课程。他心中充满了对诗的冲动。当他极小的时候，即已醉心于诗歌。以后，对于诗的兴味，则一天一天地浓厚起来。

他最初学作诗，是由于比他年纪大的一个侄子约底白鲁克僖的鼓励。当泰戈尔七岁的时候，有一天正午，约底白鲁克僖突然地掖了他的手臂，引他进他的书房，对他说道：

"你有作诗没有？"

"我怎么会作？我还不知道怎样作。"

"我会教你的，我读过莎士比亚的《哈姆雷特》，虽然我不是一个诗人，但我觉得你的心，如果好好地加以训练，必可以成一个大诗人。"

于是约底白鲁克僖便取了纸与笔，告诉他作十四行诗的方法。这就是泰戈尔第一次所受的作诗的方法。

当他在师范学校的时候，有一个教师，和他很好，知道他是喜欢诗歌的，便常常地教给他作诗的方法。他或者代泰戈尔出一个题目，或者自己先写了一二行，然后再叫这十岁左右的学生接下去写。

虽然他自己曾说，他家里的人对于他都不大留意，他的嫂子尤阻碍他作诗的天才的发展，然而他的诗童的声誉，竟一天天高起来，他的诗才竟一天天发展起来，如趋下的清溪一样，路中的圆石是不能阻它东流的。

他的童年时代，便是如此。

他在一封信上曾说道:"我的幼童年代,已经不大记得。但我却很记得,常常地,在清晨的时候,我心上总不知不觉地泛溢着一种说不出的愉快。全世界对于我似乎充满了神秘。每一天,我总拿了一根小竹棒,在那里掘土,想着我也许可以发现那些神秘中的一个。这个世界的一切美丽、甜蜜与芬芳,一切人民的走动、街上的唱声、鸢的鸣声以及家园里的可可树、池边的榕树、水上的树影、清晨的花的香气——所有这一切,都使我感到有一个朦胧的认得的人物,幻化了这许多形态,以与我为伴。"

他又在一个别的地方说道:"当我回顾我童年的时候,有些东西总站在我记忆的面前,就是——人生与世界似乎都充满了神秘。我每天感到,并且想到,无论什么地方总有些不可臆测的东西,我之遇见它在什么时候也不能决定。似乎自然常紧握了她的手掌,向我问道,'告诉我,我手里有什么东西?'我永远不敢回答,因为无论什么东西,在那里都是有的。"

他的爱自然、爱自然的神的心,在这个童年时代已经具有了。

第三章　喜马拉雅山

泰戈尔的父亲特平德拉纳特有一次到喜马拉雅山去旅行，那时，大家惊传着俄国侵略的消息，许多人都以为喜马拉雅山所在的地方很危险。他母亲因为他父亲正在那里，心里十分惊慌。但是他家里的许多人，却都不肯分担她的忧虑。她最后跑到这幼年的诗人那里，要他的帮助。她问道："你会写信到你父亲那里，告诉他俄国人的消息吗？"他便动笔写这封信，这是他写给他父亲的第一封信。他不知信是应该怎样起首、怎样结束的，跑去问了一个人，才把它写成功。他父亲回了一封信给他。他叫他不要害怕；如果俄国人真的来了，他自己会把他们赶跑的。这些话并不能减少他母亲的忧虑，但在他心里，则以为父亲已经是没有危险了。自此以后，他便每天都想写信给他父亲。

隔了不久，他父亲从喜马拉雅山回家。全家换了一个样子：母亲自己到灶头上帮厨子的忙，他父亲久闭的房门口，也立了一个仆人，叫孩子们当他午睡时不要在房子外面吵闹。他们都轻轻地走着路，低声地耳语着，连向这房里张望一下也不敢。

他这时候的功课,还是照旧,但他仍然对于这些规定的功课不感兴味。他常常自动地读许多他所读不大懂的东西,但读时虽不大懂,却能深深地使他感动。有一次,他大哥看见黑云突然地密集,口里背吟着几句卡利达的《云的使命》。他这时候,连一句梵文也不懂,但他大哥的歌声,却使他十分感动。还有一次,他得到一本有插图的《古玩铺》一书。这时,他的英文程度还很浅,他把这书全读完了,其中的文句,至少有十分之九是他所不懂的,但他却有一个朦胧的具体观念,读时十分感动且有兴趣。又有一次,他陪他父亲,坐了家艇到恒河上去。他父亲所带的书中,有一部约耶德瓦的《吉塔哥文达》。它的诗句不是分行写的,全书都如散文一样,接连地写下去。当他读到"黑夜走过寂寞的林屋"一句时,他心里感到一种隐约的美。他把那些诗句照音韵分开,把全书重抄了一遍,给他自己读。这种工作使他得到很大的快乐。然而他这时对于约耶德瓦所说的意义,实未完全明白。

依据他自己的这几个经验,他后来便发表了一段对于教育的意见:"教育的主要目的不在于解释意义,而在于敲打那心的门。如果我们问一个儿童,叫他叙说出在这样的敲门时,他心里所惊觉的是什么,他也许要说出些非常愚笨的话来。因为内部所发生的感觉是比他所能用言语表白的更为巨大的。"

有一天，他父亲叫他上楼，问他道："你愿意陪了我同到喜马拉雅山去吗？"离开彭加尔学院而到喜马拉雅山去！当这个幼年诗人听见这句话时，他真是惊喜欲狂！他连忙应了一声："愿意去！"于是他们不久便动身走了。

他们先到鲍尔甫，住在他父亲为静修而建的"和平之院"里。他的外甥萨底亚曾到过这个地方，回来时告诉过他许多事情，并对他说，乘坐火车是最危险的事，一不小心，滑下去就是死。又说，一个人一定要用全力坚坐在椅上，不然，车一开，大震动便会把人弹到外面去的。所以当他到加尔各答车站乘车时，心里非常害怕。到后来，他很容易地上了车，车开时又不见得有大震动，他心里反倒觉得有些失望。火车迅驰地前进。广漠的田畴，清碧的溪流，翠绿的树林，苍老的村居，都在他眼前飞奔而过。黄昏时，他们到了鲍尔甫。他在轿中，闭目想把途中的美景一一存留在心上。

在鲍尔甫的时候，他行动非常自由，他父亲并不禁止他的游散。沙地上有许多美丽的圆石，小溪在它们中间流过。他常在这个地方，收集了许多奇形的圆石，把衣袋都放满了。他把这许多收获，都取出给他父亲看。他父亲很热心地说道："真是有趣！你在什么地方得到这许多东西？"

"还有许多许多，几千几万呢！"他说道，"我每天去收集了许多来。"

他父亲说道："很好！为什么不用这些石子装饰我的小山？"

所谓小山，乃是一个土堆，他父亲常坐在顶上做早祷的。

当他离开鲍尔甫时，他因为不能把那些圆石带走，心里还觉得很烦恼。

他在鲍尔甫所最喜欢读的书，乃是《罗摩衍那》。他常常坐在露天底下，带着沉挚的情感，在读着这本书。有时，他读到书中悲哀的地方竟哭起来；有时遇到可笑的地方，他又笑起来；读到冒险的地方，他又为书里的英雄着急。这时，他又得到了一本日记；他常在这本日记上写他的童年的诗歌。他拿了这本日记在手里，便觉得自己是个诗人；他常坐在绿草上，在一株小的可可树底下，两只赤足伸直着，在那里写他的诗。

他父亲要使他练习注意，便放少数钱在他身边，叫他负保管及记账的责任，又叫他借用他的金表，但其结果总是常常错。有一天账目上的款却比给他的钱还多。他父亲说道："我真要叫你做我的会计，钱在你手里，似乎会变多起来！"至于表呢，不到几天便被送到钟表铺里修理去了。

他们离了鲍尔甫到阿姆利则去。在路上发生了一件意外的事。火车停在一个大站，查票员跑来验票。他很惊奇地看着这幼年的诗人，好像有些疑心。他走开了，又同了一个人来，看了一看又走了。最后站长自己跑来。他看了泰戈尔所执的半价票问道：

"这个孩子没过十二岁吗？"

他父亲回答道："没有。"

那时他实在只有十一岁。但他的身体，也与他的诗才一样，都是早熟的；在别人看来，他的相貌实比年龄大。

站长说道，"你必须代他买一张全票。"

他父亲一句话也不说，从皮夹里取出一张数目很大的钞票交给那个站长。当他们把余钱找还他时，他随手把这些钱都掷到窗外去，说道："我从没有一句谎话，尤其是对于钱。"站长立在那里，感到他自己的卑鄙。

阿姆利则金色的寺院如在梦中似的，跑到他的眼前。有好几个早晨，他伴了他父亲到湖中的一个寺院去，杂在众人中祈祷。黄昏的时候，他父亲面对着花园坐着，月光从树叶中穿过来，映照在地上；他便为他父亲唱着祷歌。他父亲低着头，握着手，专诚地静听着。这种景象，他到现在还不曾忘记。

他父亲带了好几部书来教他读。最初选择出一本《富兰克林传》来，但不久他父亲便觉得不好。富兰克林是一个太职业化的人，他的狭隘的计算的道德，引起读者厌倦的心。同时，他父亲又教他《梵文读本》第二册和《通俗天文学》。他有时察看他父亲带去给他自己读的书；这些书中,使他最注意的是一部有十册或十二册之多的吉本的《罗马帝国衰亡史》。他觉得它是干燥无味的东西。他想道:"我是一个小孩子,没有帮助的,读了许多书,是因为必须要读的。但是,一个大人,他本来可以随意地读书或不读书,为什么也是如此呢?"

他们在阿姆利则约住了一个月。到了四月的中旬,他们便动身到喜马拉雅山上去。在阿姆利则的最后几天里,泰戈尔心中已感觉到喜马拉雅山的强大的呼唤之声了。

他们走上山坡。春花在路边岩隙中盛放着,瀑布在森林中挂下。泰戈尔的双眼几乎没有停视,他只恐怕把美景忽视了。他的心涨满了新的愉快。最后,他们住到一个山顶上。虽然气候已近五月,那里依然觉得寒冷:山峰的阴面,冬雪还不曾消融。在他们的房屋下面,有一座森林,这幼年的诗人,常常一个人跑到那里去。

他睡的房子在那所屋的尽端。他卧在床上,从窗中可以看见远处戴雪的高峰,在星光下面朦胧地闪耀着。有时,他在半睡半醒时,能够看见他父亲披了红的披肩,手里提着灯,轻轻地走过去,坐在游廊里入定。他又睡着一会儿。他父亲便到他床边,推他起来,那时夜的黑色还未过去。这时是他记诵梵文的时间。太阳升起了,吃了早餐,等他父亲做完祈祷,他们便出去散步。但他怎能和他父亲同走呢!许多大人且追他父亲不上。隔了一会儿,他便从山上的一条便道里回家了。等他父亲回来,他又读了一点钟英文。下午又要读书。但他早晨起身得太早了,到这时候"睡眠"便来复仇。他父亲看他要睡,即停了不教。而那时"睡眠"却又飞走了。他取了棒子,去各山上乱跑。他父亲并不阻止他。这位"大哲"向来是不干预他儿子们的自由的。

泰戈尔常常由这个山峰跑到那个山峰,自然对于他显出千万的神秘。青碧无垠的天空覆盖在头上,银练似的瀑布从千丈的悬崖上倒挂下来,水声潺潺地响着,大树如祈祷者,静悄悄地立在那里,他这时便与岩石以及这一切大树瀑布为伴侣。他的心胸扩涨着,如河流之泛溢。

他这时并未忘了家。他常常对他父亲谈到家里的事。家里的人一有信来,他便立刻拿给他父亲看。

他如此伴他父亲在喜马拉雅的山峰上住了几个月,后来,他父亲叫一个仆人送他回家。他在这时期所受的他父亲的人格的感化与所得的自然的美景的赏赐,使他终生都印着痕迹。

第四章　加尔各答与英国

　　自从泰戈尔由喜马拉雅山回到加尔各答，他在家庭里的地位较前变了一个样子。他这次的归来，不仅是从旅行回家，而且是从他仆人的专制底下，回到他家的内室里去。当许多家人聚在他母亲室内时，他在他们当中已能占一个好地位。黄昏时，家人都集在露台上，他是一个重要的发言者。以前，他在师范学校时，第一次在读本中知道太阳比地球大千百倍的事实，回家时，便惊喜地跑去告诉他母亲；现在他在这个黄昏的聚会中，又把他在喜马拉雅山所学的天文学的知识，一一都搬运出来。但最使他母亲喜欢的乃是他说到他已能背诵《罗摩衍那》的梵文的原本，她说道："快把《罗摩衍那》的原文背诵几节给我听！"但是他所读的原文的《罗摩衍那》实在只有在读本中的几节，且已记忆得不大清楚。但他这时在这个热心于她儿子的天才的母亲面前，却又没有勇气说"我已经忘记了"。于是只好就所能记得的掺以自己的话读出来。她的喜悦之心，一时按压不住，便叫了他的大哥哥来，说道："你听罗宾读原文的《罗摩衍那》，他读得真好！"泰戈尔便在他面前读了几句，但他大哥那时正忙于自己的著作，并不热心听着他，仅说了声"很好"，便转身走开了。

他自游了喜马拉雅山，及得到入内室的权利以后，对于学校的生活，更觉得不欲再继续下去。他想了种种方法，逃避入学。他的家人不得已，只得把他换了一个学校，从彭加尔学院转到圣史卡佛，但结果也不见得好。他的兄弟们，这时对他都已失望，他的大姊有一天说道："我们都希望罗宾有成就；但我们的希望的幼芽，现在已遭摧折了。"这时，他家里还有一个家庭教师。他见泰戈尔对于规定的课程不感趣味，便为他解释《战神之生》及莎士比亚的《麦克白》。他初用彭加尔话解释《麦克白》给泰戈尔听，然后叫他把它译出来。同时泰戈尔还主动地读了许多彭加尔的书和杂志，常在日记簿上涂抹许多诗句。他很想成为一个诗人。他的诗才渐渐地发展，他的教师及几个家里的人，渐渐承认他的天才；他在家中便得了"诗人"的称号。这时有一个杂志新出版，他的诗歌第一次被刊登在上面；他的散文第一次刊登时也是载在这个杂志里。他著作的心很热切，有许多夜，他不睡眠，一个人在房里的微光下读书，远寺的钟声铿然而鸣。夏夜月明如昼的时候，他便如幽灵似的，在花园中的树荫下或月光中走着。

当他十六岁时，他的一个兄弟创办了一种杂志，叫《巴拉特》，他大哥做了编辑，他也参与编辑部的事；在创刊号里，他作了一篇评论及一首名《诗人的故事》的长诗。

《巴拉特》出版后的第二年，他的二哥想把他送到英国去留学。他父亲答应了他。于是泰戈尔便随了他二哥到阿默达巴德。他的二嫂和侄子们这时在英国，所以他二哥在阿默达巴德的房子是空着的。泰戈尔觉得他自己的英文程度不好，便常取了一本英文书，依赖字典的帮助，逐渐地读下去。自他幼时，他读书已有不求甚解的习惯。这个习惯所收获的果实有好有坏，他到了现在还受着它的这种影响。

在阿默达巴德住了六个月，泰戈尔便动身到英国去。他以一个十七岁的尚未与外界交际的儿童，投身于英国社会的大海中，心里自有些惶恐。幸而他的二嫂和侄子在布莱顿，给他以不少的照应。

冬天到了。他们正坐在火炉旁边，孩子们忽然很激动地跑进来说道："下雪了，下雪了！"他们立刻跑出去。外面是异常的冷，地上满铺着白雪。这种自然是与他故乡的不同的。灰色的天空，洁白的雪，对于他都如一个梦境。

他的日子在快乐中过去。他二嫂待他很周到，他的两个侄子终日与他在一处游戏。这是他的心与小孩子的第一次接触。他心里充满了愉快与新鲜的感觉，他自己重与孩童的天真的国土相接触。

这种境遇，不久便不能继续，因为他到英国来，目的在于学法律，成为一个律师。他先进布莱顿的一个公共学校，后来又移到伦敦，住在一个宿舍里。每天有教师来教他拉丁文。他的窗外，除了赤裸裸的脱叶的树以外，什么景色也没有。这种沉闷的生活，在泰戈尔是万难忍受的。

他的二嫂又叫他到德文郡去。那里有山有水，有汪洋的大海，有满缀小花的草地，有青翠的松林，还有两个可爱的活泼的小伴侣。他眼中所见的都是美，心里所有的都是快乐。他常常带了伞，坐在海滨的岩上；绿波无际，海涛澎湃，晴日在微笑，松林的影子静谧地立着，他在写他的诗。

义务又来召唤他，使他不得不离了这里而回到伦敦去。这一次，他住在史格得博士家里。史格得夫人看待他如自己的儿子。

他在伦敦住了几个月，他有一个兄弟要回家，他的父亲叫他一同回去。他得到这个召命，心里十分高兴；故乡的光明，故乡的天空，似乎都在静默地呼唤他。当他向史格得夫人告别时，她握了他的手，哭着说道："你既然要走得这样快，为什么先前要来我们这里呢？"

第五章　浪漫的少年时代

　　泰戈尔现在是一个十八岁的少年；他饮着青春的酒，他的热情，他的感触，奔驰而外放，他所见的仅是爱情与浪漫。同样的自然，同样的人民，同样的生活，然而现在对于他似乎都变了一个样子。他要知道，这是他自己变了呢，还是世界变了呢。不久，他便发现，是他自己先变，然后与他接触的世界也变了。他童年时代的神秘主义已经还给了森林与花与山与星。他现在已不是一个神秘者而是一个写实主义者了，有一个时期，他竟成了一个享乐主义者——穿着最好的时式的丝裳，吃着美食，作着叙爱情的抒情诗及其他文艺作品。

　　他和他家里的人，这时似乎都很有隔膜。他在五十岁时，自己曾说道："我自十六岁至二十三岁的一个时期的生活是一种极端的放浪与不守规则的生活。"但他这时所作的抒情诗，却都是极好的诗。

　　我跑着，如香麝之在林影中跑，闻着他自己的芳香而发狂。

夜是五月的夜，风是南来的风。

我迷了路，我浪游着，我寻求我所不能得到的东西，我得到我所不寻求的东西。

我自己欲望的印象从我心里跑出来，在跳着舞。

熠耀的幻象闪过去。

我想把它紧紧地握住，它避开我，引我到迷路。

我寻求我所不能得到的东西，我得到我所不寻求的东西。

泰戈尔在这时候，正是"闻着他自己的芳香而发狂"的时候。他在《快乐的悲哀》里又写道：

快乐睁开他的倦眼，长长地叹了一口气，说道，"我在这样的一个明月满地的夜里，仅有孤零零的一个人。"于是所有他的思想，都放在歌声中——"我是怕孤寂的，我不见一个人来访问我——我是孤独的，我是孤独的"。

我走近他，轻轻地问道，

"你所希望的来安慰你的人是谁呀，快乐？"

快乐开始哭了，他说道，

"爱情，爱情，爱情，我的朋友。"

快乐又接下去说道,"我愿意我死了,把我自己重生而为忧愁。"

"你为什么这样地绝望,快乐?"我问道。

"为什么,我是孤独的,孤独的,不见一个人来访问我。"

我问道,"你喜欢看见的是谁呢,你心里所爱慕着的是谁呢,快乐?"

他的眼睛中又闪耀着泪点,他说道,

"爱情,爱情,我的朋友,仅是爱情。"

快乐所要寻求的,正是他这时所要寻求的。

他是一个大哲学家,印度的精神的与爱国的领袖,一个歌者,一个戏剧家,一个编辑者,一个教育家,而超乎这一切,他却是一个"爱的诗人"。爱情从他的心里、灵魂里泛溢出来,幻化了种种的式样:母亲的爱、孩子的爱、妻子的爱、丈夫的爱、情人的爱、爱国者的爱、自然的爱、神的爱,一切都在他的优美的诗歌里,曼声而恳挚地唱出来。他的歌声荡漾在天空之下,轻轻地触着人的心弦,深入地飞住在他们的心灵上,使他们快乐地笑着,脉搏几乎停止,眼里闪耀着泪珠。

他表白爱情,极为自然,因为他自己经历过一切爱情与生活的阶段。他经过爱的颤动,热情的奔流,失望的凄楚,默修的静谧。而在这少年时代所唱的恋歌,尤足以激动一切沉醉在青春的梦里的少年的心灵。

他的这些恋歌,曾引起印度的许多道德家的反对。他们联合而攻击这个少年的作家,他们怕泰戈尔的这些诗歌,要破坏印度的旧道德。即青年的人见他的甜蜜的恋歌,也有不少人产生反感。有一次,当泰戈尔的歌声,已经换了它的调子,许多人都忘了他少年的浪漫,而敬仰他若大圣时,有一个人在一个学校的宿舍里,唱着泰戈尔的一首情诗:

这里,我的爱,这里来!走过我的这个乐园里,看我的花木在什么地方美丽地开着。西风柔和地吹拂着,风中带着花的芬香。月光照着,一条银色的河,潺湲地流下林路。

一个少年叫道:"你为什么唱这个淫词?"他告诉他说:"这是泰戈尔的诗!"他更觉得惊奇,直到把原文拿出来给他看时,他才默然无语。

像这种的误解,是常常要发生的;这些举动仅足见妄施讥弹者的无识,至于伟大的作者,则固如日月之中天,他们的光明绝不是微风所能吹得熄的。

泰戈尔这时候是最自由的;他脱尽了他家庭的传袭的主见。他随意地写诗,随意地毁了它;因他这时的诗大概都不是在纸上而是在石板上写的;他不是为了博朋友的悦乐而写诗,乃是如闲云之舒卷,流水之淙淙,完全为他自己的快乐而写的。他在《我的回忆》里曾说:"石板似乎对我说道,'不要怕写你自己所喜欢写的,擦一下,就可以都拭去了。'我如此地写了一二首诗,毫不受拘束,我觉得极愉快。我心里在说道,'我所写的东西,终于成了我自己的了!'"

在另一个地方,他又有一段话提到这时的情况:"在我做诗人的历史中,这个时期最使我留恋。从艺术方面看起来,《桑底亚·桑吉特》也许没有什么特殊的价值,因为这一集里的诗都是未成熟的。它的文字、思想及韵律,都不能表白得确当。它的最好的功绩乃在能表现我的自由的、不受拘束的思想。所以,虽然在批评家看来毫无价值,而在我看来,那快乐的价值却是无限量的。"

在诗的内容以外,泰戈尔这些情诗的韵律与风格也受了当时批评家的不少攻击。他们以为泰戈尔的诗,把彭加尔固有的格律破坏了。但这种论调,现在也已销声匿迹了。泰戈尔对于彭加尔文学之所以有大功,即在于他引用了许多新的优美的韵律与新的活泼的形式。现在的许多彭加尔的少年诗人,差不多都是受了他的感动,而努力去模仿他的文风的。

泰戈尔很早就成了一个著名的戏剧家。他家里的文艺气息很浓厚。他论著完了一本剧本,即可在家里聚集几个同嗜好的人把它试演起来。他自己也参与在他所著的剧中，当其中的人物之一。他最初在十四岁时，即已著了一部歌剧，叫《巴尔米基·柏拉底瓦》。此后继续著了许多这一类的剧本。他们自己著作，他们自己歌唱，他们自己演做。在这种快乐的空气中，他度过了他的二十岁。有些戏剧批评家说，如果泰戈尔愿意到舞台上去，他一定可以成为彭加尔最伟大的伶人。

他从英国被他父亲叫回来后，许多人都以为他不能在英国学法律，是很可惜的事，都叫他父亲再送他到英国去。这个第二度的远行，果然不久便实现了。与他同行的是他家里的一个亲戚。但他们走到中途，又因事折回了。法律的神似乎阻止他入门。

当他受批评家的种种攻击时，他得了一个很重要的朋友，使他鼓起精神，不顾一切，迈步向前走去，在诗国中成就了许多伟大的高尚的功绩。这个人就是彭加尔最伟大的小说家班吉姆·钱德拉。他们第一次的遇见，在一个政治家、历史与小说家杜特家里的结婚宴会里。杜特为要向彭加尔最伟大的作家致他的敬意，特以一个花环套在班吉姆·钱德拉的颈上。班吉姆·钱德拉立刻把这花环从自己颈上脱下，把它放在泰戈尔的颈上，说道："这个花环应该给他——你没有读过他的《桑底亚·桑吉特》吗？"杜特道："没有读过。"于是班吉姆·钱德拉便举出这诗集里的许多好诗，极端地赞颂它们。这样的出于意外的荣誉，使泰戈尔眼中满含着快乐的、感激的泪。他忘了所有从平庸的批评家那里受到的苦痛，认识了他自己的天才与地位。班吉姆·钱德拉的这个荣典，对于泰戈尔实比诺贝尔奖更光耀万倍。

泰戈尔的少年期，虽曾如上所述，沉浸于肉感之中，高歌着恋情的调子，但他的精神的灵的感觉，终究未完全在他心上拭去；他的心还时时受这两个潮流的冲击。即在他受肉的感官的诱惑最甚的时候，灵的光明仍然还熠熠地在他心头照耀着。

这两个肉的与灵的潮流的冲突的经过，在他的长诗《爱人在夜与在早晨时》里能够充分地表现出来。

第六章　变迁时代

泰戈尔的浪漫的少年生活,到了二十三岁时告了终止。他这时候与一个女子结了婚。灵的感觉,渐渐地在心里占了优势。他渐渐地舍弃了他的清新的恋歌的调子,而从事于神的赞颂。可爱的神,已把她的面纱卸下了。

清晨的时候,我在自由学校街上看日出。一层纱幕放开了,我所见一切的东西都清明起来。全部的景色是一部完美的音乐,一部神奇的韵律。街上的屋宇,儿童的游戏,一切都似是一个明澈的全体的一部分——不能表达的绚丽。这个幻景继续了七八天。每个人,即那些吵扰我的人,也都似失掉他们人格的外层墙界;我是充满了快乐,充满了爱,对于每一个人及每一个最微小的东西……在自由学校街上的那天清晨是第一次给我以内在的幻景的事物之一,我想把它表白在我的诗里。从那时候起,我觉得这就是我生活的鹄的:表白出人生的充实,在它的美丽里。证明其为完整的。

这就是他看见放下面纱后的神或自然的经过。

在这一天,他作了一首诗,名《泉的觉醒》,这首诗在艺术上虽不能算是极高,却足以显出泰戈尔那时内在的情绪与他的个性。

我不知我的生命经历了这许多年以后,到今天怎么还会有这样的一种觉醒。我也不知道,在清晨的时候,太阳的真光怎么会射进我的心,或那晨鸟的音乐怎么会钻入我心房的黑暗的最深处。

现在,我的全身心是觉醒了。我不能制御我心的愿望。看呀!整个世界连基础都颤震着,峰与山纷乱地卓列着;带着水沫的波浪在愤怒地汹涌着,似乎要撕裂这个地球的心,以报禁制它自由的仇怨。大海受了朝阳之光的接触,表现着喧哗的狂乐,意欲吞没世界以求它自己的充满。

啊,残酷的神!为什么你把大海也禁制住了?

我——自由的我——将瀑布温润于我的四周。我手里握着松散的发和鲜花。带着使日光为之朦胧的光彩,将附了虹霓的羽膀,从这个山游行到那个山,从这个星球游行到那个星球;或者我将变形为河流,然后从这一国流行到那一国,唱着我的使命,我的歌。

不可解的事发生了，我的全身心为一种觉醒所苦，我听见大海在远处的呼声。是的，它的呼声！它的呼声！大海的呼声。然而，然而——在这个时候，为什么所有的墙都围绕了我！我的心仍旧听见那呼声在说着：

"谁愿意来？谁愿意来？那些愿意来的，在冲破石墙的范围以后，在以爱情温润了坚刻的世界以后，在冲刷森林使之成新绿以后，在使花朵盛放以后；在以你的生命的最后的呼吸安慰世界的碎心以后——如果那时谁愿意进到我的生命里，那么，来吧来吧。"

我来，我来——他在什么地方，他的国土在什么地方？我不管，我将倾注我生命的最后的一滴水在这个世界上，我将唱着温柔的歌；而我的为热望所击的心也将以它的生命与远处大海的生命相合。于是我的歌声将终止了。

但是又是堤障，堤障围绕在我的四周！这是怎样的一个可怕的监狱！我一下一下地击着，击破这监狱；因为今天晨鸟在唱着奇异的歌，太阳的真光也已射进我的心中。

他的这首诗，虽然写完了，他的这个内在的幻景，却永不曾在他心上拭去。这种新的觉醒使他的情绪更为深挚，思想更为深刻，成了一个伟大的世界的诗人。

当这个新的觉醒的热情已冷了些时，泰戈尔又作了一

首诗,记述他在这个时期里的生活的经过,这首诗名《复合》:

自然母亲!在我孩童的时候,我常在你亲热的膝上游戏,且很快乐。后来,事情发生了,我飘游到外面去,飘游得离你更远更远了,我进了我少年之心的无垠荒野,而且迷了路。没有太阳,没有月亮,没有星球,什么星都没有。包围在西麦林的黑暗中,那地方的秩序纷乱着,我是唯一的一个夜间的旅客。

我弃了你之后,亲爱的自然!走进那荒野,消磨了许多许多不安舒无休息的时日。

但是现在,一只小鸟已指示我出那荒野而到那无尽际的幸福之海的岸的道路了。

花开着,鸟又在飞着,天空又和着四周的乐声而歌。生命的波浪四处起伏着,日光似在他们上面跳舞。

和风吹拂着,光在四处微笑,无垠的天空在它们上面望着。我又看看我的四周,看望自然的神奇的表现。

有的走近了我,有的称我为"友",有的要和我游戏。有的微笑,有的唱歌;有的来,有的去。啊,是怎样的一个不可表白的快乐的全景呀!

自然母亲,我很明白,你在这许久以后,又寻着我,你的失去的孩子了。那就是你把我亲昵地抱在怀里，开始唱你的森严的富于和谐的音乐的原因；那就是和风向我吹来，再三地拥抱着我的原因；那就是天空异常快乐，把它的清晨照在我的头上的原因；那就是从天平线的东门来的云片这样注意地凝视着我的脸的原因；那就是全宇宙再四地招呼我，把我的头埋藏在她的胸前，依在她的胸前的原因。

从这首诗里，我们可以十分明了泰戈尔对于自然母亲的情感是如何的亲切，并可见他对于他自己少年时代的浪漫行径是如何的悔恨。

但他对于自然的爱，虽如此的热烈，而对于人间的爱却并不因此减少。他并非遁世厌世的人，乃是入世爱世的人。在这里，他便与印度的古代的圣人绝对不同。乔答摩听见了自然的呼声，他即刻离了世界，弃了他所有的一切，成了遁世者，成了释迦；茶旦耶·狄孚听见了这个呼声，他也离了他的爱母，离了他的妻与子而去修行。但泰戈尔听见了这个呼声，却使他对于世界更为接近；他的对于自然的爱，成熟而为对于千百万的被压迫与被损害的人的爱。看他的下面的一首诗，便可以明白他的对于人间的爱恋与对于修行遁世者的反抗态度。

中夜的时候，一个要做修行者的人说道：

"现在是我弃了我的家而去，寻求神的时候了。唉，谁蛊惑了我，使我留住在这里这许久呢？"

神微语道："我。"但那个人的耳朵是被塞住了。他的妻子，躺在床的一边，平和地睡着；一个婴儿睡在她的胸前。

那个人说道："什么人愚弄我这许久呢？"

那个声音又说道："就是神。"但他并不曾听见。

婴儿在梦中哭起来，更紧地靠近于他的母亲。神命令道："停止，愚人，不要离开你的家庭。"但他仍旧没有听见。

神叹了一口气，诉说道："为什么我的仆役要飘游地去找我，去寻求我呢？"

他的父亲"大哲人"特平德拉纳特·泰戈尔忙着解决第二世界的问题。但是他，诗人泰戈尔，却努力爱这地球，爱这地球上的人类，想合天与地而为一。

他之爱世界如一个守财奴之爱他的金钱。他甚至疑惑于上天将幸福给予大地上的生命的能力。他说道："啊，我是怎样地爱这个世界呀！她静静地躺着。我觉得似乎拥抱了她和她的一切的绿树与鲜花，河流与平原，清晨与黄昏。我常常在诧异，天空自己是否能给我们以所有的幸福，使我们在这个世界上快乐。天空怎么能给我们以所有的东西，如这种正在长成的人类的宝藏，这样充满着温柔、怯懦与爱情的吗？……她似乎在我耳边微语道：'我是神的女儿，但我没有他的能力。我爱，但我不能保护；我能够开始，但我不能完成；我给人以生，但不能救之于死的手中。'这个无帮助，这个怯懦，这个不完全，与这个不能与爱分离的消损的焦切之心，使我嫉妒天空，而我之爱世界因此更甚。"

在这个时候，泰戈尔已有三十岁了。他的人世间的经历愈深，他饮了人类的欢乐与哀悲的酒愈多，则他的对于神与自然与世界的情绪愈为沉挚深刻，他这时候所作的与以后所作的诗歌，所发的乐音虽然复杂，而他的琴弦却仅有一条，即神的爱。天上的日月与星辰，地上的绿树与花朵，都对着神述说它们的爱。有许多崇信神者读了他的歌，泪真在眼中溢出，还有许多祈祷者，在他们早祷、晚祷、午祷的时候，以他的诗歌当作赞美诗唱。

他的诗集《白拉摩·桑格特》是这时所作的宗教诗的集子。这个集子出版时，他已成为彭加尔人崇敬的中心。批评家的箭头，已永不会再向他放射了。

他的英文诗集《吉檀迦利》，即系包含他所作的宗教诗的一部分的集子；当这诗集在英国出版时，不仅感动了以热忱介绍这诗集的诗人夏芝①，且感动了全英国的人，全欧洲的人。北方的瑞典立刻将"世界诗人"的名誉供献给这个彭加尔的伟大的作家。这些宗教诗，不仅是达到泰戈尔的抒情的与灵的天才的最高峰，且实为世界文库中一种最稀贵及神秘的作品。

许多年以前，他的父亲曾因读了他的一首儿童时所作的宗教诗而笑起来。这件事，泰戈尔到这时还不曾忘掉。但在这个时候，这个印度的"大哲人"似乎也被他的儿子的这些歌声所感动了。那一天，他忽然叫他的儿子到他住的地方来，要听他唱他所作的歌。于是他便唱道：

我的眼不能见你，然你却常常在我眼前。我的心不能感到你，然在沉默中，你却使我觉得你永远都在那里……

没有朋友的人与被弃的人都能常常觉到你，觉到你的爱。即那无家的漂泊者，也可以在你为我们全体而建的一所屋里住着而得到安慰。

---

① 夏芝：通译叶芝，爱尔兰诗人、剧作家和批评家。

他的父亲听完了这首诗,便用带颤动的声音感动地说道:"歌是超绝的,我已认识了你的天才。"于是这老人便给了他儿子一束纸。诗人泰戈尔解开这些纸,得到一张五百卢比的钞票。这就是他因他的诗歌得到的第一次的"诺贝尔奖奖金"。

第七章　旅居西莱达时代

　　诗人泰戈尔的长兄特威琴德拉纳特，是一个大哲学家，前面已经提过。他对于实际的事务方面，毫不注意。他父亲叫他去管理他的乡间的产业。他到了那个地方不久，立刻便觉察出农民的穷苦。许多农民都跑来诉说他们的苦处。这位哲学家受了很深的感动，便打了一个电报给他父亲，叫他寄钱来帮助穷苦的农民。他父亲以为一个良好的管理员，必须使地主与农民各能满足。所以他把特威琴德拉纳特叫回来，换了他最小的孩子、诗人泰戈尔去管理这些产业。

　　这位少年诗人，管理这些产业的时间很久。他常常住在一艘家艇里，泛泊在柏特玛河及它的支流上面，与自然密切地接触着。他对于自然的各方面，都观察、研究、恋念、爱惜。下面的两封信是他从西莱达写的，极详地叙述他那时在家艇里的生活及他对于柏特玛河的爱恋。

我现住在我的家艇里。这里我做了我自己及我时间的超绝的主人。那家艇如我的旧大衫一样——异常舒服。我在这里,喜欢怎样想便怎样想,且随着我自己的心意去幻想,要读多少书,作多少文字也随我的喜欢作去。我坐在椅上,足放在桌上,我的心灵,沉泛在这天色斑丽、光明晕照的暇日里了……实在的,我非常亲爱这个柏特玛河,它是怎样的荒芜,怎样的旷远无垠。我觉得如骑在它的背上,爱恋地在拍着它的头颈……我不再愿意在众群舞台的足灯之前做一个角色。我倒愿意在我们住在这里时的所有的明亮的时日里,于沉默孤寂中,尽我的责任。这里的人并没什么可注意的,但自然却伟大而庄严……当我在乡路间走着时,我把人也当作自然之一物了。河水流经许多奇异的地域,人道的水流也是如此,它从它的各支流里流着,经过浓密的森林、寂寞的草地、繁华的城市,常伴以它的神乐。让河流唱道"人时来,人时去,但我则永远流着"是不对的——因为人也是永远循着他的千百支流永远地走着的,他的一端连在生之根里,而其另一端则入死之海里——而全部则被包围在神秘的黑暗中:在这两个极端中间,躺着生命、劳动与爱情。

我在没有到柏特玛河旅游之前,很怕因为常常相伴之故,我对于它不能觉得有趣味。但当我一浮泛在河上时,我的一切疑虑都消失了。水波汩汩，船身微荡，天空光洁，柔绿的水灞莽，河岸上树林的枝叶新鲜——颜色、音乐、跳舞及美丽集合而使自然高超的和谐，照耀着光彩。所有这一切在我心里惊醒了一种敏锐的趣味与沉挚的愉快。

这个恒河之女，及它的两岸的广漠平原的影响，都反映在泰戈尔以后所有的著作里。他在这里，使他的"黄金彭加尔"穿上了理想的衣衫，且给他以在生命的真实里的无限之前的一种深沉的意义。他在一封信里，曾说起他对于彭加尔的爱恋：

每天晚浴之后，我必沿河走了许多路。然后我便在我的舢板上设了一张床，我的背平躺在床上，在黄昏的沉静的黑暗中，我自问道，"我来生还能够生在这样的多星之天的底下吗？我来生还能够这样地躺在一只舢板上，在我们的黄金彭加尔的哥拉河上吗？"我常常怕我也许永远不能再有机会在这样的一个黄昏里愉乐着。我也许会生在别一种环境里，心灵的感觉，与现在完全不同。我也许能遇到这样的一个黄昏，但这个黄昏也许已不会这样亲热地躺在我的胸前，以她的松散的黑发蔽盖着我了。我最怕我将来会生到欧洲去。因为在那个地方，我将不能这样地躺着，以我的全身体、全灵魂都向上望着。在那个地方，我也许要在工厂、银行或国会里做苦工。因欧洲城市里的街道都是用坚石、砖头及水门汀铺设，便于商业及运输，所以人的心变了坚硬，而最适于商业。在他们的坚石所筑的心里，决无丝毫的空地以植柔美的藤蔓，或一叶无实用的绿草。

他如此爱恋彭加尔，如此亲切地抚摩着彭加尔的绿河、青山与多星的天，闲暇而自由地生活，使他唱出一首超绝的《黄金彭加尔》的歌：

我爱你，我的黄金彭加尔，因为你的天空和你的空气常拨动我心的弦。

春天的时候，你的桫果树呼吸出花朵的狂香。秋天的时候，你的已收获的田野，在享用的祝福里微笑着。亲爱的母亲！啊，你的爱，以如此华丽的装饰，衣被了河的两岸、树的阴影，你的爱真是不可表白的温柔呀。母亲，你的唇的呼吸接触着，没有什么东西在我耳朵里比之它更为甜蜜。当我注意到你脸上最少的至情的痕迹时，我的眼睛里即浮泛着泪水。我童年的时候，曾在你的游戏室里娱乐过，现在，当我一接触到你的尘土的微粒时，我便觉得幸福。

黄昏的时候灯火在室内亮着,我放下我的工作与游戏,跑到你的亲爱的膝上来。在乡村中,家牛和善地凝视着到渡口的沿路的田野,鸟儿快乐地在枝头歌唱着——树枝投射它们的阴影,以安慰日中的灼热,天井里照耀着割来的谷稻的堆束,我度过我生命的日子,觉得和你的牧童及农民是兄弟。

母亲,我虔敬地低下我的头,沉在你的足的尘土中,我见到他们比见到金刚石及翡翠的尘土还要宝贵。我预备供献我所有的一切,在你足下。

当印度的新的国民运动开始之后,泰戈尔的这首诗曾时时地被他们带着新的热忱歌唱着。

当这个时候,泰戈尔真可算是沉醉在自然的恋爱中的了,但同时他又开始尝到人世的悲苦,这便是他与农民接触的时候。他在农村,见到了许多专诚朴质的农民,深受他们纯朴的精神与虔心的理想主义的感动,常常给他们以物质上的帮忙,正直而慈悯地管理他们。他自己又研究起家庭药学,帮助他们有病的人,无论日夜,一听闻有人病了,他便带了药具,自己去看望他们,给他们以药。因此,他与农民的接触愈为密切。然而他们的疾苦与无助更使他在睡梦中都觉得不安。在下面他的一封信里，足以表白他对于农民的同情：

当我观察印度农民时，我心里觉到忧愁。他们是如此的无助，好像是地球母亲的婴儿们。她如果不用自己的手去喂养他们，他们便要挨饿了。当她的胸干燥时，他们便号哭着；如果他们得到一点东西吃，他们便又立刻忘了一切过去的苦恼了。我不十分知道社会主义者要求财产的分配究竟是否可能。但是，它如果是绝对不可实现的，那么，神的法律真是残酷，人类真是无助的不幸的了。如果忧愁要住在这个世界上，让它住着吧，但必须有几线可能的光明，使人的更高尚的天性，可以奋斗，可以希望，而将这样的情形改进。有些人述说一种极残虐的理想，以为在人类之中，要求生活需要分配的可能，实是一种梦想，又说，有些人是命运注定了要饿死而无可救药的。这至少也可以说是一种残酷的理想。

他在一八九三年七月四日，从家艇中写了一封信，这信也足以看出他的对于农人世界的苦闷的感觉：

这里有大水。农民割了未熟的稻，用船载回家去。我听见他们的叹息与忧愁的诉说。当这次水灾来时,稻田都快要成熟了。不幸的农民所希望的,不过是能有几粒好谷在谷堆里而已。

在宇宙的工作里,慈悲必定在什么地方,不然我们怎么能够得到它呢?但去寻它的寄托的地点却极不容易。几千万无辜的不幸的男女的怨郁,没有高级法庭可以告诉。雨随着它的喜欢落下,江河随它的愿意而流去,没有人能够从自然那里恳求及得到挽回。我们安慰我们的心说,这问题是在意想以外的——然而我们却同样地体验到在造物的难测的法律上还有些慈悲和公平。

他如此地与农民亲切地同住着,又把财产征收的方法改革过,成绩较他的大哥大有进步。农民爱戴他,恋念他,收税的人也受了他的道德的感化,贿赂已成了过去的东西。几年以前,泰戈尔手下的一个收税人,私自受了一个卢比的贿赂,他立刻觉得十分不安,向泰戈尔忏悔自己的行为;泰戈尔也并不追究他。

泰戈尔对于农民的恩惠与同情,及他的想改善农民生活的企图,在农民方面固然十分感激他,使他的名字深深地占领在他们的心里,然而这个地方的英国官吏却也深深地生了妒忌及猜疑之心,时常以种种的方法阻碍、防止他,正如前几年他因为为他的学校聘请了一个爱国诗人做教师而大受印度总督的猜忌一样。

在西莱达生活的许多年里,泰戈尔的文学收获很丰富。他的大部分短篇小说都是在这个地方写的,他的诗歌在这时也出产了不少。

第八章　泰戈尔的妇人论

泰戈尔帮助他父亲做了许多关于社会、宗教及政治的改革的工作。他对于用教育来提高印度妇人地位的事业，尤为注意。他绝对不相信妇人的劣等说。他表同情于孔德的话："无论男性或女性，都有其他一性所无的东西，每一性补足其他一性，也受其他一性的补足。他们没有相同之处，两性的幸福与完美即在于此性要求或领受彼性所仅能给予的东西。"

在近代女权运动未发生之前，他已有一种公平的主张。他虽然不大相信妇女参政，但他却以为：如果男子在政治上能尽他们的责任，女子即完全没有选举权也不要紧；但是当男子不能实行他们的义务，不能正当地统治时，则女子出来要求选举权实是公平的举动。在二十几年以前，他有一封信，讲述他的妇人论甚详：

我想了一会儿之后，得到一个结论——在男子的生活里没有那为妇人生活的特质的充实。妇人的言语、衣服、态度与责任，都是一种统一的继续。这个主要的原因，乃在于许多年代以来的自然，已经决定她们的活动范围。这些时候，在文明的理想上，并没有什么变迁、革命或转移，足以引导妇人离开她们现在的路。她们所有的事是工作、恋爱、安慰，再没有别的事了。这些功用的技能与美丽，愉妙地混在她们的形体、她们的言语及她们的举止上。她们的活动范围，和她们的天性已互相合在一起，如花朵及它的芬香一样。所以充溢于她们之中的只有和谐。

男子的生活便有许多不安定的地方了。他们经历各种变迁与工作过程的记号，是很显著地印在他们的形体与天性上的。前额的异常突起，鼻部的丑异耸出，颔骨的不美的发达，在男子是很普通的，在妇人则不然。如果男子这许多年代以来，都沿了一条路走去，如果他被训练去做同一的工作，那么，男子便会有一个范式发生了，他的天性与工作，也会包笼在和谐之中了。在那种情形里，他们便不会去这样辛苦地思想着、奋斗着以完成他们的责任了。各种事件都会非常平顺而美丽地去做了。于是他们便发达了一种天性，他们的心灵也不会以最少可能的激怒，而即飘游开责任的路了。

自然母亲铸造妇人于一个范式里。男人则没有这种原始的束缚，所以他不向一个中心观念而发展他的充实。他的歧异的不驯的热欲与情绪，站在他的和谐的发展的路上。韵律的束缚是诗歌的美的原因，同样的，定律的音韵的束缚也是妇人所有的充实与美丽的原因。男子像不联络的怪异的散文一样，毫不和谐，毫不美丽。那便是诗人常以歌声、诗、花与河水来比妇人的原因；他们永不会想到以这些东西来比男子。妇人如自然界里的最美丽的东西一样，是联合的，是平均发展的……是受美好的束缚的。没有怀疑，没有相违的思想，没有专门的辩难，能够破坏一个妇人的有韵律的生活。妇人是完善的。

东方与西方的妇人地位的高低，是常引起辩论的一个题目。基督教里的人不明白印度社会组织的精神，他们以为印度妇人的命运是很悲惨的。印度的守旧者，则毫不明了印度以外的世界的情形，以为印度妇人的生活是极幸福的。但是泰戈尔则不然，他对于两种社会的情形都很熟悉，他看出两方的妇人都有好处与坏处。唯有施以适当的教育，才能矫正那些坏处而发展那些好处。

他以为欧洲文明的进步，足陷妇人于日益不幸的地位。男子受生活的压迫，都不愿意有家庭的负担，孩子一长成，便也立刻离开他母亲，义无反顾。所以西方的妇人，不得不违反她们的天性，到社会里去求工作，求生存。泰戈尔以为这个社会和谐的破裂即欧洲妇人所以要求男女平权的主因。妇人既不欲在家庭，于是欧洲的家庭便渐渐地消灭，而旅馆则日见其增加。男子以马、以狗、以枪、以烟管、以游荡为娱乐，所有他们工作的钱，都耗在自己身上，而妇人的和谐生活，渐渐地被其破坏，她们对于这种生活环境的变迁，显然还未十分习惯。其结果则为不安与艰苦。至于印度妇人则不然，她们使印度的家庭充满微笑与温柔、甜蜜与爱情。男子和治家的女子，住在一起觉得快乐，女子们也不曾诉过苦。英国人在想象中，以为印度妇人是极苦的。泰戈尔以为这种思想正如水中的鱼类，以人类在陆地上的生活为不好，而欲发慈悲之心，引人类到海的深处去。英国人看见印度人的朴质生活，看见他们的小屋，他们的粗木的器具、油的土灯、绳结的床、棕叶的扇子，总悲悯他们的生活，总以为印度的妇人是男子的奴隶。然而实际上，印度的男子与妇人的生活是一模一样的。他们虽没有沙发，没有美丽的舒适的家具，但他们却相信着。他们喜欢爱情与家庭生活甚于一切物质上的享乐。至于西欧的人，则喜欢生活的快乐与家具，似乎较家庭与爱情更重。

　　他的关于女性的哲学，在他的诗剧《齐德拉》里，阐述得很详细。

第九章　国家主义与世界主义

泰戈尔父亲的一个彭加尔的朋友，偶然写了一封英文的信给他，这位"大哲人"把原信退了回去，并不回答他。为什么一个彭加尔人写信给彭加尔人，要用英文写呢？这就是国家主义。泰戈尔自幼即受了这种爱印度与印度文化的教育。在少年时代，他和几个爱国的朋友，常常秘密地集会在一处，闭了门，低声地谈着，讨论印度的实业与政治的改革方法。他为了要养成勇敢的精神，常出去打猎，故意去做劳苦的事。他写了许多崇颂爱国的与自我牺牲的诗。当他的兄弟约特林德拉纳特组织了一个轮船公司，与英国的一个公司竞争时，泰戈尔曾极热忱地帮助过他。他出去讲演组织的重要性，宣传国家主义的福音。当他相信着"一国的诗歌、绘画及音乐灭亡时便是这个国家的灭亡"的话时，他便专心去做一个诗人以重兴印度。

泰戈尔诚然是一个印度的国家主义的诗人，如果突然有了一场天灾，把泰戈尔所有的哲理深邃的论文，所有的专门的历史的解释,所有的激动心灵的短篇小说,所有的有力的比譬的戏曲,所有的布局谨严的长篇小说,所有的美丽动人的抒情歌谣,一切都毁灭了,而住在印度的人,仍然会记起这个大诗人的。因为他的爱国诗歌使印度人永远不会忘记了他,他的爱国诗歌,具有印度生活的不朽的印记。印度的名称,存在一天,即有一天的影响。

欧洲的史诗与抒情诗是不常深住于群众的心中的。印度则不然,他们的诗歌,大多以口相传。所以泰戈尔的爱国诗歌,几乎没有一处不在唱着。清晨的时候,朝阳耀着它的金色光彩,便有许多人在路上唱着这些歌,唤人醒来,加入对于神与祖国的祈祷。午潮满涨的时候,牧童在榕树的四周绿影底下游戏,他们也对着他们自己,对着枝上的鸟、田野中的牛唱着这些诗歌。当印度的景色浴在落日的淡光中时,船夫向下游驶去,农民肩锄回家——他们又都在唱着泰戈尔的这些诗歌。他们在国家的国会与会议里唱着,在王子的宫中、乞丐的口中唱着,在结婚时与祈祷时唱着。

有些批评家以为泰戈尔的诗歌未免太软弱了,仅适宜于印度的现在的应用。这是实在的,他没有火焰一般的热力,没有瀑布一般的涌涛;这也是实在的,他的诗歌所能引起的仅是较柔和的情绪,没有刚锐强毅的反抗精神。然而印度的精神原就是退让的。当他们唱道："你的祖国在竞斗着，在受苦着，唉！她在饥饿着，仅有肯尽责任的儿子才能解母亲的忧呀！"其影响实较唱"醒来，快起来，战胜，而且把压迫者的暴力冲到地下去"为更大。泰戈尔的诗歌即是具有前者的精神的。他把祖国理想化了，他用许多种的方法来说明她，在读者的心中起了许多种的热情。他叙她的金浪起伏的稻田，她的微笑而芬芳的花朵，歌唱着的鸟，潺湲着的溪流，以及尖耸的山峰，甜蜜的家庭，而笼罩以热情的爱感。他唱道：

我的祖国，我对你供献了我的身体，我为你牺牲了我的生命，我为你而哭泣，我的音乐也将歌唱着为你而祈祷。

虽然我的臂腕无助而且无力，而他们仍将为你，仅仅为你的缘故，而去做事；虽然我的刀不庄严地污锈了，而它也仍将斩断束缚你的链子，我的甜蜜的母亲。

有几任英国的印度总督，想摧残彭加尔的爱国运动的精神，采用了俄国式的告密及审判制度。泰戈尔的歌鼓动起爱国者的精神。他的歌感发青年人的灵感，使他们为祖国而受苦、而牺牲、而微笑地走上断头台。有一个印度的爱国者，当他受死刑时，他口中还唱着泰戈尔下面的歌：

  兄弟，不要灰心，因为神并不曾在睡。
  绳结愈紧，你受束缚的时期也将愈短。
  咆哮之声愈高，你也得愈快地从你的酣睡中醒来。
  压迫的打击愈厉，他们的旗帜也将愈快地与地接吻。
  不要灰心，兄弟，因为神并不曾在睡。

  当印度的青年爱国者为了爱国之故，受尽了各方面——他们的朋友、亲戚，甚至他们自己的父母——的压迫与嫉视时，他们又在泰戈尔的《跟随着光明》那首歌里，得到了鼓励与感发的甘泉：

  如果没有人响应你的呼声，那么独自地，独自地走去吧。如果大家都害怕着，没有人愿意和你说话，那么，你这不幸者呀！且对你自己去诉说你自己的忧愁吧。如果你在荒野中旅行着，大家都蹂躏你，反对你，不要去理会他们，你尽管踏在荆棘上，以你自己的血来浴你的足，自己走着去。如果在风雨之夜，你仍旧不能找到一个人为你执灯，而他们仍旧全都闭了门不容你，请不要在意，颠沛艰苦的爱国者呀，你且从你的胸旁取出一根肋骨，用电的火把它点亮了，然后,跟随着那光明,跟随着那光明。

还有两首为祖国而祈祷的诗,也引起许多人的热情:

其使我国的土地与江川、空气与果实成为甜蜜的吧,我的神。

其使我国的家庭与市场、森林与田野都充实着吧,我的神。

其使我国的允诺与希望、行动与谈话成为真实的吧,我的神。

其使我国的男女的生命与心灵成为一个吧,我的神。

彼处心是不恐惧的,头是高抬着的;
彼处知识是自由的;
彼处世界是不被狭窄的局部的墙,隔成片片的;
彼处言语是由真理的深处说出来的;
彼处不倦不疲的努力,延长手臂以达于"完全";
彼处真理的清澈的川流是不会失路而流入"死的习惯"的寂寞的沙漠上的;
彼处心灵是被你导引而向于"永久广大"的思想与行动的——

我的天父，其使我国警醒起来，入于那个自由的天国里吧。

泰戈尔之所以宣传着、呼喊着，要求大家努力以取得的即是那个自由的天国。"朋友们，现在已不是睡梦的时候了，合力工作的时间已到。""如果你希望生活，且在这个世界上令人尊敬，第一先要预备为你的祖国牺牲你的生命。"

他的爱国的诗歌，所蕴蓄着的是爱恋、是鼓励、是牺牲的精神，但却丝毫没有愤怒、嫉妒，或厌憎世界上任何人的暗示。这是他与一切标榜"铁与血"的激进的爱国者的不同之处。因此许多人多反对他的主张，更激烈些的，则常常骂他。有一个在美国的印度留学生曾说道："我不高兴见泰戈尔的脸，我不欲走过街与他相见。即一个贩卖印度货的不识字的商人，为了要虚价而入狱者，也比这个大诗人高等些——他实是一个道德的怯懦者，食了自己的话，然后去休息。"然而深知他的人，却很原谅他，知道对于神的爱与祖国的爱，是他的生命里的两个主要的特色。神是他永久的伴侣，祖国则是他常常想到的目的物。不过，他并不是一个浅窄的印度的国家主义者，而是一个世界的国家主义者——一个世界的人道主义者罢了。他的世界主义是已达到"完善"之巅的。他是一个二十世纪的理想者，相信人类的一体，因其分而益显其繁富。他以为人类是超乎一切国家之上的。国家的、种族的各种分子，以及他们在人类社会里的合作是宇宙和谐发展的要素，正如人体的各类机关，它们的区分与合作，为人的健康的发展的要素一样。他想，玫瑰花的使命在于开放花瓣以互相分别，同样的，人类玫瑰的美丽也因不同的国家与种族之达到他们最完全的特质之点，同时又以爱情的带附着于人类的躯干上而达到完全之境。那就是东与西的生活所以不同，东与西的使命所以不同，而他们的最后目的又是相同的缘故。他有一次在英国人与爱尔兰人联合欢迎他的宴席上说道："虽然我们的言语不同，我们的习惯不同，而在根底上，我们的心是一个……东是东，西是西，但这二子必相遇于友爱、和平与互相了解之中，他们的遇合且将因他们的不同而更为有效果，它必会导引这二子在人类的公共祭坛之前行神圣的结婚礼。"

第十章 和平之院

泰戈尔在一九〇七年时,即与实际的政治与政治运动断绝关系。远在这个时候以前,他的内心里,感到一种变迁的光,这个变迁要求因印度的再造而为更完满的牺牲。他不注意于政治、经济及其他,而欲用教育的改造为印度改造的基础。充满了自由与爱的教育不仅能发展智力与道德,而且能造成一个精神的人。他最反对强迫的注入式的教育;他以为教育的全过程,应该愈简易、愈自然愈好,务使儿童受最少的痛苦。为要实现他的主张,他便在鲍尔甫办了一个学校,校址即为以前他的父亲用来静修的"和平之院"。经济与社会的批评,常为他的计划的阻碍,但他的父亲却很帮助他。他的精神也极坚定,决不因外界的影响而自馁。一九二四年,这个学校便开始成立,最初仅有三四个学生。泰戈尔自己的儿子是第一个入学的人。他自己有关于这个学校的一段话:

我为了要复现我们古代教育制度的精神,决定创办一个学校,学生在那里能够在生命里感觉到一个比现实的满足更高尚更光荣的东西——熟悉生命它自己。我想把小孩子们的奢侈除去,使他们复返于朴质。所以,我们的学校里,没有班次,也没有凳子。我们的小孩子们,在树下铺了席子,在那里读书;他们的生活,力求简单。这个学校建立在大平原里的大原因之一,即在于要远远地离开了城市生活,但在这一层以外,我更要看孩子们与树木一同生长,因此两者的生长之中有了一种和谐。在城市里看不见什么树。他们是为城墙所限禁的。城墙不会生长。石块与砖头的死重压抑了儿童天性里的自然的快乐。

我在学校里,并不曾得到最好一类的孩子。社会看这个学校为一个刑罚的住所。大部分的学生都是因父亲不能管束,才把他们送到这里来。

然而因泰戈尔与他的合作者的爱感与看护,这个学校的学生的学业与性格的成绩却都很好。英国人与印度人办的学校,须八年才能预备好的课程,在"和平之院"只要六年就可以了。

这个学校的日程与别的学校完全不同。学生们和教员们在清晨四点三十分时即须起床。他们自己把床整理好,全体跑出来,唱着歌,祈祷万有之主。栖息在树枝上头的鸟儿们被惊醒了，也加入他们的歌队里合唱着。沐浴以后，他们穿了白丝袍，坐下去，自己静修着，祈祷着。然后吃早餐，吃的是牛乳、米粥或其他清淡的食物。课程的开始是七点三十分。学生们铺了自己的席子在树下，坐在上面，书本是没有的，无论授文学、历史或地理都是如此。仅在教授实验科学时，他们才有物理或化学的实验室。功课都用口授，太阳暖暖地晒着，微风送来花的芬香，绿叶和了教者的音乐而簌簌地响着。每一个教员，一班至多不能教超过十个的学生。有的时候，一班只有一个学生。所谓班次也并不固定。如果有一个英文程度高的学生，他上英文课时可以随了别的高级生同上，他的算学及其他功课，则仍在自己班里上。十点三十分时，功课已上了三点钟，学生们随意唱歌。隔了一会儿，学生们与教员们又去沐浴。有的到溪流里去，或在那里游泳，有的跑到井边，大的学生带小的学生汲水，穿衣服，如一个母亲一样。沐浴后，又唱赞美诗祈祷神。午饭的时间是十一点三十分。所吃的是米饭、青菜、牛油及牛乳。饭后，小孩子们便在图书馆里看书、看杂志或研究自己的功课，或做其他自己所喜欢做的事。下午二点钟时，各班又在树下开始授课。教员们授课时不能用木棒或其他的身体的刑罚。下午四点钟时，功课已毕。他们便都在运动场上踢足球、打网球及做其他游戏。他们的体育，也和学业一样，胜过其他一切学校。

他们的足球队曾打败了加尔各答的许多别的球队，他们的兵操也能与陆军学校里的最好的学生相比肩。为使他们能忍耐寒热，热天叫他们在太阳下面跑了好几里路，冷天也在屋外，除了疾病的时候以外，都不穿鞋袜。有的时候，他们一次能走二十几英里的路。这种斯巴达式的练习，使"和平之院"里的儿童，身体都非常健康。

许多"和平之院"里的较大的儿童，受了泰戈尔的影响，常常跑到邻村去救济穷苦的居民。他们假装要演戏法，召集了许多人在空地上。后来他们停止了戏法，开始以兄弟的精神向他们讲演。所得的影响极为伟大。他们为村中的小孩子们创设了日校与夜校。当村人生病的时候，他们看护他们如自己的亲人。他们专心地为村人谋幸福，在炎热的夏天，他们如苦力似的，为村人建筑住屋。这种精神，是泰戈尔所希望养成的。他希望他的学生，能在生活里将印度的精神的趋向与西欧的社会服务的精神合而为一。

游戏毕，学生们又沐浴过，穿上他们的白丝袍，约有三十分钟，在那里祈祷及静修。然后去吃晚餐。在"和平之院"里，大家都是严格的素食主义者。泰戈尔的父亲绝对不允许在鲍尔甫住的人饮酒、食肉，或出现其他扰乱"和平之院"的神圣的和谐的举动。晚餐后，学生与教师们联合做各种智慧上的娱乐。

泰戈尔与印度的习惯相反，他的学校里很注重音乐。

他爱音乐，相信它的高尚的影响。音乐班在晚上召集起来。他们唱着，以各种乐器和着。所以这个学校里很产生了几个第一等的歌者与音乐家。他们又有一个戏剧团，有时便演泰戈尔作的剧本；他自己教导那些孩子们，有时且自己加入演剧者之列。

他们在夜间又编辑他们的报纸，全校共有四种报纸，全都是用手来写，用手来作图的。他们所作的，有的是诗歌，有的是文学评论。

一天的工作完了，在九点至十点之间，他们便去睡觉。

泰戈尔自己住在一间屋里。晨钟一响，他便起来，有时且在钟声未动之前起来，早浴后，坐下静修了好几点钟。他在这个屋内，常常自己做饭；所吃的极为简单。他有时出去散步，且很喜欢园艺的事。简朴的生活，高尚的思想，这两句话可以写尽他在鲍尔甫生活的情形。他在一个星期总有两次对学生及教师们讲演。他极爱那些小孩子。有的时候，有一两个孩子偷偷地跑进他的屋里，看他微笑着，摇着头，在写一首诗。有一次，这样偷进去看的一个孩子突然叫道："简直像一个疯子。"泰戈尔答道："是的，我的孩子，诗人是比疯子更坏的。你什么时候跑进这屋里的呢？"

有一个六岁的孩子，坐在泰戈尔的膝上，弄着他的胡子。这孩子说道："你作了那么多的诗，为什么不教我作诗呢？"

泰戈尔答道:"我的孩子,诗歌的负担是异常之重的,我不欲使你有这种负担。"那孩子说道:"是的,我自己会去学作。他们似乎都很喜欢你的诗,虽然你是负担重一点。"现在这个孩子有十余岁,已能够用彭加尔文作很美丽的诗了。

自他定居于鲍尔甫后,他作了许多好诗与好的戏曲,《吉檀迦利》里的诗及《暗室之王》,都是在这时作的。他平时不大与外界沟通。但有时则到各处去讲演,如前几年曾到美国及欧洲去过。至于他的"和平之院"则到了现在,已经是很发达了;经费也很充足,最近又改为"国际大学",规模较前已不同。

第十一章　泰戈尔的哲学的使命

泰戈尔在他的诗歌与散文著作里所表现的精神主义的理想,都是印度哲学的真理。印度是具有哲学的心灵的。她经过许多年代的对于生与死的最深沉的问题的默思,发展了一种玄想哲学的系统,使世界上许多著名的贤哲都为之赞颂,为之倾心。以前慕劳尔教授曾在一个讲演里,极端称颂印度及其思想:

如果我看遍了整个世界,要去找出一个国家,最丰富的具有自然所能给予的一切财富、权力与美丽——在有些地方简直是一个地上的乐园——的,我必向印度指着。如果有人问我在什么天空底下,人的心灵曾最完全发展出它的几件最好的赠品,曾最深沉地浸入生命的最大问题,曾解决了好些这种问题,很值得使研究过柏拉图与康德的人的注意的,我必向印度指着。如果我问我自己,我们在欧洲的人，我们天然地完全受了希腊与罗马及赛米底的一族犹太思想的影响的人，从什么文学里，我们可以得到那最需要的正确，以使我们内部的生活成为更完全、更有意识、更为普遍的，即是，更为真正的人的一个生命，且不仅仅为了这一生，而更是为一种转世的永久的生命——我仍旧是向印度指着。

印度思想的最高点在于《奥义书》的吠陀哲学。法国哲学史家考辛说道："我们不得不屈膝于东方哲学的前面，在这个人类的摇篮里看见最高哲学的出产地。"叔本华也说道："在整个世界中，没有一种学问是比《奥义书》更为有用，更为高尚的。它是我们生时的慰安，也将是我们死后的慰安。"慕劳尔说道："如果叔本华的这些话要再加以说明，我愿意因我自己经过长久的专门研究许多哲学与许多宗教的结果而为它说明一下。如果哲学的意义是为了一个快乐的死的预备，那么，在我所知道的哲学中，没有比吠陀哲学更好的预备了。"

泰戈尔在他的哲理的诗里所唱的，在他的《生之实现》的论文里所说的，就是这个《奥义书》的哲学。它述说宇宙的一体——在现象世界的分歧里的根本上的一体。华兹华斯是一个奇异的自然诗人。他对于自然精神是亲切的，但有时是含混的。他的歌声优雅清越，但所唱的却是世界是忧愁所造的，"我们的生不过是一个睡眠与遗忘""狱室的阴影开始紧罩在长成的孩子的身上"一类的哀歌。泰戈尔的哲学则与他完全不同。在他看来，世界是充满了快乐与爱的，幸福在全宇宙中跳着舞。这个世界诚然有忧愁，但它们却如印度秋天的浮云一样，反能增明月的光华。在底下的一首诗里，我们可以更明白地看出他的生与爱与动作的哲学：

啊，我的最感恋的地球母亲，我是怎样常常恋念地看着你，又是怎样常常从我的心里，不可禁地快活地唱出来呀！我身心的要质融化入你自己的里面之后，你便不绝地在永久的中间，旋绕着远星转动。而你的嫩绿的草叶，长在我身上，花儿繁锦似的开着，树林如阵雨似的把它们的花果落在我身上。是的，落在我身上。所以当我一个人坐在柏特玛河边时，我能够容易地感觉到，是的，我是感觉到，绿草的种子是怎样地向上长芽；生命的酒精是怎样地永久地灌注在你的心上；花朵是怎样地从美丽的枝干上开出；大树与蔓草是怎样地因接触着太阳的幼光而快乐地颤抖着，竟如婴孩在他们母亲胸前吃乳倦了时的快乐一样。

那就是为什么当秋月的清光照在金色的收获的田上，当椰子树的绿叶快乐地跳着舞时，我会感到很深的快乐，而想到我的心灵浸渗在水，在地，在林中之叶，天空的碧色中时的原因。整个宇宙似乎静静地呼喊我一千次到它的胸前去。从世界的奇异的游戏室里，我也听见那微弱而熟悉的我的旧时游侣的快乐的声音。

啊，地球母亲，请把我带回你的心中——生命在这个心的千种不同的路流出，歌声在那里以千种不同的调子唱着，舞蹈在那里以千种不同的式样跳着，心灵在那里永远是思索的，而你是自己辉煌地有益地站立着。

泰戈尔是相信布莱克"人的身体与他的灵魂没有区别"的话的，但他更进一步，不相信他父亲所信的二神论而相信吠陀的一神论，即世界不唯是为神所造，且是由神自身造出的教义。

有一次，有一个印度的哲学家对他的学生说道："世界不仅是为神所造，且是由神自身造出。"

"那怎么能够呢？"学生问道。

先生回答道："看那蜘蛛吧，它从它自己的身体里，引出了丝线，以造成一个奇异的蛛网。"

东与西之间并不曾有一道鸿沟。哲学与科学一样，是世界的。它不知什么东与西。它冲破了一切物质的界限。在这一方面，泰戈尔的《生之实现》，实给了世界的人类以不少的利益。它的优雅的文体、高尚的思想，是整个世界都应赞颂的。

"所有的东西都是从永久的快乐中生出来的。"泰戈尔在《爱之实现》中说道："这个快乐，它的别名就是爱……我们不爱，因为我们没有感觉，或者可以说，我们没有感觉就因为我们没有爱。因为爱是一切围绕我们的东西的极端的意义。它不仅是感想的，它是真实的，它是快乐，是在一切创造之根上的快乐。"

在《奥义书》中有几句话："世界是从爱中生的，世界是被爱所维系的，世界是向爱而转动的，又是进入于爱之中的。"这个真理，泰戈尔在《动作的实现》里更完备地发挥出来。他在那里鼓吹着爱与正当的动作。这个爱与动作的使命在欧洲各国互相摧毁的时候，尤有特别可注意的地方。欧洲虽经了长久的战争，而他们国家间的仇视，仍未丝毫消泯。基督同胞的和平的理想，已在狂逆的西风中吹散。嫉妒、猜疑、欺诈，是他们戴皇冠的魔鬼。在这个时候，印度的哲学，泰戈尔的爱的哲学，对于欧洲乃至整个世界，实是具有很大的使命的。太沉溺于静修与玄想的习俗，使印度的光荣灰暗了，印度的尊严被侮辱了；而同时太崇奉物质主义的结果,却使西方诸国也如被巨伤的大兽,在吼叫,在受苦。这两个极端的思想的和谐,能够带来一种理想的事实。泰戈尔的使命就在于此,人类的永久和平与自由与发展即存在于这个和谐之中了。

第十二章　得诺贝尔奖与其后

一九一三年的冬天，瑞典的文学会，以诺贝尔奖奉给泰戈尔。这是东方人第一次在欧洲得到的荣誉。在这个时候以前，泰戈尔的《吉檀迦利》的出版，虽然使欧洲读它的人为之惊异不止，然而对于泰戈尔并未十分了解。但从这个把一九一三年的诺贝尔奖奖金给予他的消息传出后，他的名字才常常在许多平常人的口中说着，他的作品才常常有人去研究，他的思想和生平，才常常有人要想知道。他在文学上的地位，从这时起才在世界文坛上确定了；他的名誉，也从这时起才变为世界的了——不仅欧洲人、美洲人知道他，连东方的中国与日本向来与世界文学，尤其是自己东方的近代文学，不相接近的，也立刻认识了他。

这一次诺贝尔文学奖之给予泰戈尔，除了关于泰戈尔的自身外，许多人都以为是世界上一个很大的消息。欧洲的文坛，本来不大与东方的文坛接近，对于近代东方文学尤有蔑视之意。从这时以后，这种意见才渐渐泯灭。一个美国的著作家说道："这个奖将勉励西方的人类去访求东方的人类已说的话，或将要说的话。这件事将把以前永未解释过的东方，为西方解释一下。所以这件事成了一件历史上的事实，一个那半球明白这半球的转点。"不仅如此，这件事且表白出东与西的友谊一个新时代的黎明。东与西的文学、艺术与理想的互相了解，互相赞赏，如一阵大风似的，能够把国家间或人种间的敌视的与歧异的见解的黑云吹散到天外去。这个期望，我们在这时说出，也许觉得是过早，但我们看泰戈尔近来在欧洲的影响与他近来的努力的成绩，却使我们决不能相信这是一种不可能的期望。

他的作品，从这个时候以后，译为英文的一天多似一天。有的是他自己译的，有的是他朋友译的。后来又有人把它们译为德文、法文及其他各国的文字。

他以前曾到过英国，曾到过美国，但他的来与去，都不为一般社会所知。从得诺贝尔奖后，他的生活却不能如此地自由了。他走一处，这一处的人便带着热忱欢迎他，要求他的思想上的赠品。如他到了英国，英国人便要他讲演；他的《生之实现》的论文集，便是一九一三年夏天前后在英国讲的演说稿。英国人及爱尔兰人之欢迎他，较之本国内的任何文人都甚些。有的人甚至于伏在地上，吻他的足。以后他又到美国去，美国人欢迎他的盛况，也不下于英国人及爱尔兰人。他的《人格论》，即为那时在美国讲演的稿子。以后，他又到过日本，日本人敬奉他如神明，称他为"圣的泰戈尔"。日文的泰戈尔著作的译本与论泰戈尔的生平与思想的书,立刻出版了不少。他的《国家主义》的论文集,即为那时在日本的讲演集。

自一九一七年第一次世界大战欧洲区战役告终以后,世界上到处都弥漫着和平的新觉悟。泰戈尔的思想与精神益受各处求和平者的欢迎。他往来欧洲各地,为印度民族向英国政府求自由,又与世界的知识阶级的代表,如巴比塞、罗素、勃兰特诸人组织"光明团",发表宣言,后来又回到印度,定居在鲍尔甫的"和平之院"里,又计划着把"和平之院"改组为"国际大学"。他在他的《国际大学宣言》里说道:

在现代,人类的地理上的区分,差不多已经消灭了。不但各种不同的部落,便是各个国家,各个民族,也都在生死的关头,不是创造新的生活,便不免沦于灭亡。在我们的前面,引起一个新的问题,就是全地球的统一的国家的创造。把各民族都发展开来,便各成为全世界的大结合的一分子,也像把各个人发展开,成为民族的一分子一样,这在现在,不已是可能吗?

所谓世界的大结合,是说把人类都团结起来,比现在一切的联盟团体更为深切、更为坚固。这种结合应该以人的神性的出发点为基础。我们应该建筑一所世界的大殿，以供奉人类公共的神道。这种理想实现的第一步是在于使民族都表示他们精神的主宰。但在猜忌和斗争支配一切的时候，这样的理想是不会达到的。所以我们应当创立人类相互交流的机关，以消灭各民族间的敌忾心。只有国际的大学，才配作为这一种交流的机关。因为在大学里，我们可以一块儿寻求真理；利用几千年来的人类遗产，一块儿研究学术；全世界的艺术家可以共同创作艺术品；科学家共同开发自然的秘密；哲学家共同解放人类的思想；圣人贤者共同实现人生的理想。他们干这些，不仅是为了他们自己的国家，也是为了全人类。

气象学家曾经证明过一个真理，他们证明地面上的大气都是属于同一气层的，虽然各处的气候各不相同。我们可以同样地证明人类在精神生活上是全相一致的，虽然体质可以各不相同。我们应该知道：所谓人类大结合，并不是把一切的民族都变成齐一，乃是说叫各种不同的民族互相协调的意思。在现时，似乎大家都已负着这重要的责任了。为了这个责任，我特在印度创立国际大学，我的意见，以为这是促进东西方人类相互协调的最善方法。我打算邀请西方各国学者到这里来，到印度生活中来研究印度的哲学、艺术、音乐，由印度学的专家指导他们。

国际大学发起的原因是如此。"和平之院"本是由泰戈尔独力担任,丝毫不受英国政府的津贴。现在这个国际大学的经费也是如此。他把诺贝尔奖奖金捐给这座学校;他所有的著作上的报酬,也大都送给了它。

一九二一年,他又作欧洲之游。这时,他已被人们称为传道的大师。疲于战争的德国人民,对于他所称道的东方生活与东方思想,尤为颂赞鼓吹。他在柏林及其他地方讲演了好几次,听的人都十分拥挤。入场券所售得的款,都捐入他的国际大学。他讲演的台上,布了一个森林的景致。当他到郊外森林中游散时,已有数万人预先在那里等候他。他一到,欢呼之声大作,有许多人唱歌,还有许多小孩子手执鲜花到他面前跳舞。他在其他各地,所得到的待遇也是如此。最近出版的《创造的统一》一书,即是他在这前后所作的论文集。

他到欧洲去,原抱有很大的志愿,他在一封信上说道:"向来和平之泉都是源于东方,所以今日欧洲便不期而然地面向着东方来了。欧洲好像一个在游戏中受伤的孩子,现在他正离开众人,在找他的母亲呢。这样说来,东方怕不就是精神的人道主义的母亲——能舍她自己的生命与人的吗?我们印度人还茫然不知欧洲人已在我们门前求救——还不知趁他们需要的时候,以人道主义与之。这真是一件可叹的事！"

但印度人虽不知道救欧洲人，而泰戈尔他自己则已开始到欧洲去从事这种事业了。当他将倦游归来时，当他在盼望归期时，心里还忧愁着、踌躇着，想在欧洲至少再住上一年，以尽他的责任。

不过他究竟是一个诗人——仅是一个伟大的诗人，对于传道的事业，他似乎不大适宜。他自己说道："当我在柏特玛大河的河心居住的时候，我不过是个抒情诗人，但自从移居和平之院后，我逐渐成了一个教师的模样了。这是非常危险的，我的真实的先知的资格，从此就要断送了。现在已是谁都向我请求教训，生怕有一天我不免要使他们失望呢。"所以他虽然很想尽他的在欧洲传布他的和平福音的责任，而故乡的精灵，黄金彭加尔的景色，却时时在他心灵呼唤他回去；他虽然在欧洲受到一种极热忱的欢迎，极崇敬的待遇，而在他自己的心里，却反觉得彷徨与不安。下面的几封信，可以把他那时的情况充分地表白出：

我在欧洲到处都受热切的欢迎，料想你是在报纸上看到了。我非常感谢欧洲人待我的好意，这是无疑的，可是，在我的心里，总像有些惶惑——而且也几乎要暗暗地叫苦。

凡是群众的感情的表示，其中总有一大部分是不真实的。群众的表示，往往不免过度夸张，这只是由于群众心理中感情累积的结果。就像在一座大厅中所发的声音，因为有室内各处的回声混合其中，所以所听得的已全不是原来的声音了。群众的感情，大部分是相率附和而成——这是非理性的，群众里面的各分子，都有根据自己的想象造成他自己的意见的自由。他们理想中的我，绝不是真的我。我为了这个担忧，也为了我自己担忧。这使我对于我从前的隐居生活，不禁起无穷的恋念。被迫在别人的幻想所构成的世界里生活着，这委实是最烦厌的事了。我曾见许多人追住了我，扯住我的衣裾，毕恭毕敬地向我衣裙亲吻——于是忧郁罩住了我的心了。我怎样才能使这些人相信我是他们中间的一个，并不是超出他们之上的，在他们中间就有许多是值得我的尊敬的，我却又怎能使他们相信呢？

可是我也知道在他们当中像我那样的诗人，是一个也没有。但用了这种的敬礼，来敬礼诗人，委实是不对的。诗人是在人生的筵席中的司仪，他所得的报酬就只是在一切筵席中都有他的份儿。假如诗人是成功了，他便被任命为人类的永远的伴侣——只是伴侣，却不是指导者呀。但要是我被盛名的恶戏所捉弄，被他们扛到神坛上去了，那么在人生的筵席里就没有我的座位了。

那种盛誉，实非我所能当，实不能不谓之无相当的时间而施与过骤呢。这就是我感到惊异、厌倦，甚至忧闷的缘故。我自思正如一个家畜的羔羊，只能居在屋角庭隅，以媟爱亲交友朋，倘若一旦厕身大庭广众之场，我便要觉得卑微，对群众告不敏了。

凡我所到的地方，不论是德国，还是斯堪的纳维亚半岛，都有一种热烈的爱恋，随着我，包围着我，这事，我想你一定想不到。我所欲的就是回到自己的人民里去——回到咒诅不绝的环境里去。我生长在那边，我工作在那边，我在那边给我的爱，所以我生命的收获在那边。即使得不到完全的偿报也不要紧，仅收获自己的成熟，已给我以莫大的偿报了。所以那边的田野似乎有一种呼声到我这里来，那边的日光是等候着我，那边的四季更替的季节是在问着我的归期。他们知道我的一生都在把我的梦的种子撒在那边。但是暮色已深沉地照在我的路上，我是倦了。我不欲得国人的赞美与责备。我只愿休息在星光的下面。

他从欧洲回来之后，即休息于彭加尔鲍尔甫的"和平之院"里边。他现在年事已高，不大高兴出去，但远游之念却还未绝。明年三月间，林花烂发、山鸟奏歌之时，他大约会在我们中国的春光秀媚的地方出现。

他在晚年，很想逃避名誉，虽然名誉的石碑，已重重地压在他的身上。他自己说道："总有一天，我要从我自己的名誉中突围而出。因为虽然有这庞大而且日益增长的障壁阻隔着，但是柏特玛河却仍旧在向我招呼呢。他仿佛向我说：'诗人，你在哪里？'于是我的心、我的灵魂都想去找寻那诗人。但是那诗人已经是不容易找到了。因为一大群的人把荣誉堆满在他的身上，他被荣誉压在底下，已不能脱逃了。"

这是很可诧怪的，少年的作者总是努力向着名誉的山巅爬上去，他们虽不全以名誉为他们的太阳，为他们的活动力的源泉，而享受名誉的愉乐却至少是他们的成功的骄傲之一；至于已享盛名的作者，在饱餍了名誉的食品之后，却反而渐渐地有些厌恶它了。名誉反成了压迫他们的重负，使他们不得不逃避。泰戈尔如此，托尔斯泰也是如此。

诗人的成功，即是诗人的寂寞；诗人的名誉，则如黑雾似的，使他不能找到他自己。这即是泰戈尔所以眷恋柏特玛河上的自由生活而欲逃避出现在的名誉之墙的原因。

然而名誉究竟能逃避吗？名誉如好花的清香，如麝鹿的芬芳，如秋晨的晴空，如春池的绿波——不然，还比譬得不对，它们虽然如名誉一般，一附上去，便非待花枯了，鹿死了，白日终止，池水干竭之时不能消灭，但名誉的寿命，却较它们为更长更久。诗人的歌声虽有止歇之时，而诗人的歌，却终将永久地，永久地，在新的活泼的必再唱出来；诗人的形骸虽有时要长眠于青松绿萝之间，而诗人的名誉，却终将永久地，永久地，挂在千百代后的千万人的口中。

你是谁，读者呀，在百年之后读我的诗者呀？

我在这样的春天的繁富里，不能送给一朵花，不能送给前面云端的一缕金色。

请开了你的门，向外望着。

从你的百卉盛放的园中，收集百年以前的已灭之花的芬香的回忆。

在你心的愉乐里，也许你会觉得在一个春天的清晨歌唱着而送它的快活的声音度过百年的时间的那种活泼泼的愉乐。

——《园丁集》第八十五首

诗人的不朽，不朽的诗人。谁能逃避了这名誉的不朽的墙呢？灿烂的春光，年年是繁花似锦，绿柳如丝；静谧的秋空，年年是片云高挂，山色清幽；伟大的诗人泰戈尔的名誉也将如这样的春光与秋空，历千万年而不朽，而更新。人间的屋基不完全毁灭，他的名誉的墙是永远不能倒的——虽然他自己是想逃出这堵墙。